KB056575

# 삶이 말해주는 것들

정 태 성  수필집 (14)

도서출판 코스모스

# 삶이
# 말해주는
# 것들

정태성

도서출판 코스모스

## 머리말

　삶은 모든 것을 경험하라고 합니다. 기쁘고 즐겁고 행복하고 평안한 것뿐만 아니라 슬프고 아프고 힘들고 괴로운 것도 모두 겪으라고 합니다.

　마음 같아서는 좋은 일만, 신나고 가슴 벅찬 일만 나에게 일어나면 좋으련만, 삶은 결코 그렇게 해주지 않는 것 같습니다. 때로는 야속하기도 하고, 속상하기도 하며, 절망 속에서 고개를 떨구기도 하지만, 나의 한계를 벗어나기에 어쩔 수 없이 받아들여야 하기도 합니다.

　그러한 많은 일들을 겪으며 나는 누구인지, 인간은 무엇인지, 어떻게 살아가야 하는지, 어떻게 삶을 마무리해야 하는지 알려주려나 봅니다.

　그동안 지나온 시간속에서 삶이 저에게 이야기해 준 것들을 시로, 수필로 옮겨보았습니다. 부족하지만 읽은 분들게 조금이라도 위로가 되었으면 합니다.


2022. 6.

저 자

# 차례

1. 모두 가버리고 / 09

2. 버림 / 12

3. 길 / 16

4. 갈 바를 모른 채 / 22

5. 홀로 / 26

6. 별 / 29

7. 부치지 못한 편지 / 33

8. 순간 / 39

9. 원래의 고향 / 43

10. 자리 / 50

11. 나를 잊은 나 / 54

12. 자유 / 57

13. 길을 찾아 / 60

14. 살아 있음 / 63

15. 앎 / 67

16. 불행 / 70

17. 그리움 / 73

18. 타인 / 76

19. 떠남 / 80

20. 있는 그대로 / 86

21. 걱정에 대하여 / 89

22. 상관없다 / 92

23. 내려놓음 / 95

24. 오늘과 내일 / 98

25. 우는 새 / 101

26. 우연과 필연 / 104

27. 이원성 / 107

28. 따뜻한 사람 / 112

29. 겨울 산사에서 / 116

30. 삶은 아름다우니 / 120

31. 음지가 양지 되어 / 123

32. 노을 / 127

33. 나의 무지개 / 131

34. 마지막 비행 / 134

35. 여기에 있음 / 138

36. 너 / 142

# 차례

37. 이대로도 좋다 / 145

38. 멀어져 갔다 / 149

39. 존재는 다름이다 / 152

40. 살만하다고 느낄 때 / 156

41. 슬퍼도 / 159

42. 거꾸로 가는 시계 / 162

43. 언제 / 166

44. 내가 그립다 / 169

45. 다 받아들임 / 172

46. 어떤 길 / 176

47. 나로 살기 위해 / 180

48. 어둠 속에도 빛이 / 183

49. 물 따라 / 189

50. 절망과 희망 / 193

51. 꿈을 꾸었어 / 197

52. 삶의 조각들 / 200

53. 됨 / 204

54. 후회 / 208

55. 잘못 / 211

56. 볼 수 있는 것 / 214

57. 미지의 세계 / 219

58. 벗어남 / 223

59. 운명 / 226

60. 바닷가에서 / 230

61. 나를 본다 / 234

62. 허망할 줄 알면서도 / 237

63. 이해를 넘어서 / 240

64. 혼자가 아니다 / 243

65. 안쓰러움 / 247

66. 황제 / 250

67. 뒷모습 / 254

68. 자유란 능력이다 / 256

69. 그리움 / 259

70. 누구였을까? / 261

이 책에 사용된 사진은 픽사베이의 무료갤러리와 저자가 직접 찍은 것임을 밝힙니다.

# 1. 모두 가버리고

모두 가버린 자리엔
아무도 없었습니다

혼자서 주위를 맴돌며
물끄러미 바라만 봅니다

어디선가 불어오는 바람은
흙먼지만 날리게 합니다

해는 서산으로 넘어가고
짙은 어두움이 찾아옵니다

홀로 그 자리를 지키며
고개 들어 먼 하늘을 바라봅니다

오늘은 구름마저 가득한지
별 하나 빛나지 않습니다

모두가 떠나버린 빈자리는 얼마나 헛헛할까? 나의 주위에 많은 사람이 있지만 언젠가는 그들과 작별해야 한다는 것을 안다. 사랑했던 사람들이 떠난 자리를 말없이 바라보며 나는 어떤 생각을 하게 될까?

비어 있는 그 자리에 있던 사람들의 모습은 시간이 지나도 뇌리에 생생할 텐데 나는 그러한 일을 어떻게 감당해야 할까? 그들과 나누었던 대화, 함께 했던 시간, 떠나지 않을 거라 믿었던 믿음, 많은 것을 같이 할 수 있으리란 기대, 그러한 것들이 불가능하다는 것을 인지할 때 나는 그 허전함을 어떻게 채워야 할까?

알 수 없는 곳에서 바람이 세차게 불어온다. 그 바람은 사람들이 떠나간 자리에도 어김없이 불어와 흙먼지를 날린다. 불어온 그 흙먼지가 나의 내면에 쌓이는 듯하다.

서쪽 하늘 저 너머로 붉은 태양은 사라져 버리려 하고, 눈부시게 아름다운 석양은 온 하늘에 펼쳐져 있다. 붉은 태양이 노을을 남기듯 존재는 떠나간 빈자리에 흔적을 남기는가 보다. 그 흔적이 나의 마음속에 온전히 남아 있을 수밖에 없으니 그것 또한 나의 십자가일지도 모른다.

그래도 고개를 들어야 하는 것일까? 남아 있는 시간이 있기에, 지금보다 더 나은 시간을 만들기 위해, 힘들지만 고개를 들고 맑은 하늘을 바라보아야 하는 것일까?

태양은 자취를 완전히 감추고 노을마저 이제는 사라져버렸다. 어두워진 밤하늘에 빛나는 별이라도 보면 좋을 듯한데, 오늘따라 하늘에 구름이 잔뜩 끼어 있는지 별조차 보이지 않는다. 별마저 나를 위로해 주고 싶지 않은 모양이다.

나에게는 무엇이 남아 있게 될까? 그동안 살아온 시간의 결과로 얻어진 것은 무엇인 걸까? 삶은 그리 쉽지 않다는 것을 알고는 있었지만, 마음이 비어가는 것을 부인할 수는 없다. 이 세상에 아무것도 가진 것 없이 왔으니 아무것도 가지지 못한 채 가야 하고, 나의 것은 하나도 없다는 것을 모르는 바는 아니다. 하지만 왠지 그것이 전부가 아니길 바라는 것이 나의 조그만 욕심인 걸까? 해 아래 새것이 없다는 말이 나의 마음을 두고 하는 말인 것일까?

## 2. 버림

나를 버립니다
그저 그냥 나를 버립니다

나의 나됨은
나를 버림으로 시작입니다

그 사람을 버립니다
그저 그냥 그  사람을 버립니다

나와 그 사람의 새로움은
그 사람을 버림으로 시작입니다

그것을 버립니다
그저 그냥 버립니다

그것의 있음은
그것을 버림으로 시작입니다

이제 그 모든 것을 버림으로
새로운 삶을 맞이합니다.

　예전에는 시간을 쪼개가면 많은 것을 하려고 했다. 무언가를 한
다는 것이 의미가 있는 것으로 생각했다. 목표를 정하고 그것을
달성하기 위해 시간을 아껴가며 노력하는 것이 열심히 사는 것이
라고 여겼다. 그 목표를 위해 달성하기 위해 다른 것을 생각하기
않고 주위도 바라보지 않고 나 자신도 돌아보지 않으면서 생활하
는 것이 나에게 주어진 삶의 최선이라 생각했다. 하지만 그럼으
로써 나 자신이 망가져 감을 인식하지 못했다. 나를 객관적으로
파악을 하지 못하고 나의 단점을 그냥 무시한 채 앞만 보고 달리
다 보니 얻은 것도 있었지만 잃은 것도 너무나 많았다. 그 잃은
것들이 나에게 뼈아팠다.
　하지만 무언가를 하는 것보다 아무것도 하지 않고 내 자신을 돌
아보며 생각을 더 많이 하는 것이 더 중요한 것 같다. 스스로 무
언가를 해서 내가 원하고자 하는 것을 얻기보다는 다만 바라보고
물 흐르듯 많은 것을 맡겨두는 것이 더 낫다는 생각이 든다.
　노자가 말하는 무위는 단순히 아무것도 하지 않음을 뜻하는 것
은 아니다. 그가 말하고자 하는 무위는 자연의 순리를 어긋나는
인위를 하지 않음을 말하는 것이 아닐까 싶다. 즉 인간의 지식이
나 욕심으로 세상을 바꾸려 하지 않음이다. 주위 사람이나 주위
환경을 자신이 바라는 대로 다 되게끔 애쓰려 하는 것을 피하라

는 뜻이다. 오히려 그것이 더 큰 문제를 야기시킬 수 있기 때문이다.

　나도 많은 것을 내가 생각하는 것이 옳다고 여겨 그것을 위해 무리수를 두어 살아온 것 같다. 그러한 무리수가 당시에는 합당하다고 생각되었으나 지나고 나서 보면 그렇지 않은 경우가 너무나 많았다.

　왜 이런 생각을 당시에는 하지 못했을까? 이유는 간단하다. 내가 어리석었기 때문이다. 내가 옳다고 생각하는 아집 때문이었다. 이제는 나 자신을 버릴 때다. 나 자신을 버려야 그 어리석었던 길을 다시 가지 않을 수 있다. 나를 다 버리고 내 자신의 존재의 미미함만을 가지고 살아가야겠다는 생각이 든다.

　법구경에는 이런 말이 있다.

　"감정의 즉각적인 대응을 초월한 사람이 있다.

　그는 땅처럼 인내하며,

　분노와 두려움의 불길에 휩싸이지 않고,

　기둥처럼 흔들림 없고,

　고요하며 조용한 물처럼 동요치 아니한다."

　나 자신을 버림으로 감정을 초월할 수 있기를 바란다. 내 감정은 내가 아니다. 나의 일부일 뿐이다. 나의 일부가 나의 전부가 되면 안 된다. 물처럼 동요하지 않고 그냥 흘러가야만 하려 한다. 내가 주위 사람들을 바꾸고, 모든 것을 나의 마음대로 해 나가고자 할 때 무위의 법칙은 깨진다. 그 아픔은 나의 아픔일 뿐만 아니라 모든 이의 아픔이 될 수도 있다.

　노자가 얘기하는 "도(道)"는 자연의 원리이자 순응이다. 자연의 법칙 그것이 바로 신의 뜻이 아닐까 싶다. 나 자신을 버리는 게 아마도 신의 뜻인 듯하다. 비가 내리고 있다. 촉촉한 비가 대지를 적시고 있다. 나 자신을 버리려 하니 내 마음에도 비가 촉촉이 내리는 듯하다.

# 3. 길

삶의 길을 찾아 걸었네
어딘지 모른 채로
나 홀로 그 길을 걸었네

뿌연 안개 속
마음에 등불 하나 켠 채로
혼자 걷다 지쳤네

끝없이 이어지는 그 길엔
마음을 나눌
누구 하나 없었네

남은 길은 얼만큼일지
끝까지 걸을 수나 있을지
길 위의 적막함이 내 가슴을 울리네

내가 앞으로 가야 할 길은 얼마나 남아 있을까? 아무것도 모른 채 배웠고 아무것도 모른 채 살아왔다. 이제는 남아 있는 시간이 나마 무언가를 알고서 가고 싶다. 더 이상 뿌연 안개 속에서 이리 저리 헤매며 나의 길을 가고 싶지 않다. 더 이상의 후회되는 시간을 보내지 않기 위해서라도 그래야 한다.

아직까지 가야 할 길은 남아 있다. 그리고 그 길이 아직 먼 길이길 바란다. 나의 앞에 놓여진 아직 가지 않은 길을 보다 더 의미 있고 행복하며 즐겁게 가기 위해서는 나의 마음부터 새로워져야 한다. 나의 과거의 모습을 바라볼 때 너무나도 문제점이 많았다. 그것을 되풀이하고 싶지는 않다.

이제는 과거의 나를 모두 떨쳐 버리고 보다 새로운 나를 만들어 가며 한층 성숙한 모습으로 나머지 길을 가야만 한다. 시간이 얼마나 남아 있는지 전혀 알 수 없기에 그 시간을 아껴가며 하루하루를 살아가야만 한다. 필요 없는 일이나, 나하고 상관없는 일, 중요하지 않은 일들은 과감하게 다 잘라내야 한다.

앞으로 가야 할 길에서 가장 중요한 것은 올곧은 나의 마음이다. 모든 것이 나의 마음에서 비롯된다. 나의 나됨은 나의 마음에서 나온다. 내 마음은 내가 만들어 갈 수 있다. 내가 나를 바로 보고 나 자신을 정확하게 인지함으로 내 자신을 조절할 수 있을 때 그 먼 길을 가는 데 있어 후회없는 시간들로 채워갈 수 있을 것이다.

인도의 시인 타고르는 그의 시 〈열매 줍기〉에서 다음과 같이 말한다.

위험을 피하게 해달라고 기도하는 대신
두려워하지 않게 해달라고 기도하게 하소서

고통이 사라지게 해달라는 대신
그 고통을 이길 강인한 마음을 갖게 해달라고 기도하게 하소서

삶의 전장에서 함께 싸울 동지를 찾는 대신
나 자신이 힘을 지니게 해달라고 기도하게 하소서

불안한 마음으로 구원을 갈구하는 대신
내 힘으로 자유를 쟁취할 인내심을 갖게 하소서

오직 성공에서만 당신의 자비를 느끼는 겁쟁이가 되는 대신
실패에서도 당신의 손길을 느낄 수 있는 사람이 되게 하소서

　나의 앞길에 어떤 일들이 일어날지 하나도 알 수가 없다. 5년
후, 10년 후 내 자신과 내 주위가 어떤 모습으로 변해 있을지 짐
작조차 할 수가 없다. 하지만 분명한 것은 오직 나의 힘으로 그
길을 가야 한다. 그 어떤 누구도 의지하지 않고 그 어떤 도움도
바라지 않는다. 나는 이제 위험도 두렵지 않고 고통도 겁나지 않
는다. 내가 겪을 수 있는 고통의 나락까지 경험해 봤기에 고통은
이제 일상이다.

중용 15장엔 다음과 같은 말이 있다.

君子之道,
辟如行遠必自邇,
辟如登高必自卑.

군자의 도는 비유하면 먼데 가는 것은
반드시 가까운 데부터 시작하며,
높은데 오르는 것은 반드시
낮은 데부터 시작한다.

　제일 가까운 곳과 제일 낮은 곳은 어디일까. 그건 바로 나 자신이 아닐까 싶다. 모든 것은 나로 말미암는다. 따라서 제일 중요한 것은 내가 나를 알아야 한다. 이제는 알 것 같다. 내가 누구인지를. 어쩌면 그 많은 일을 겪어왔던 것이 이를 위함인지도 모른다. 그 대가가 너무나 컸지만, 돌이킬 수도 없다. 다 나의 책임일 뿐이다.
　나의 존재의 미미함이 그 먼 곳을 향하여 가는 길에 있어 나의 발걸음을 가볍게 해주리라 믿는다. 나 자신이 무거우면 그 그곳에 다다를 수 없다. 나 자신을 최대한 가볍게 하고 모든 짐을 내려놓고 그곳을 향하여 갈 것이다.
　그 먼 곳에 무엇이 있어서 가느냐고 묻는다면 나는 할 말이 없다. 나도 알 수가 없기 때문이다. 가보지 않은 곳에 무엇이 있는 지 내가 어떻게 알겠는가?

그 먼 곳까지 갔더니 아무것도 없으면 어떻게 할 것인지 묻는다 면 역시 할 말이 없다. 지금도 아무것도 없으니 그곳에 아무것도 없어도 아무런 상관이 없다. 또한, 내가 그곳에 가려는 이유는 무 엇을 취하고자 함이 아니기 때문이다.

하지만 그 먼 곳을 가야 할 이유는 충분하다. 지금 이곳은 내가 있을 곳이 아니기 때문이다. 이곳에 안주한다면 더 이상의 나는 없다.

내가 누구인지는 알 수 있으나 나의 나됨은 아직 알 수가 없다. 그것을 모른 채 이곳에 있을 수는 없다. 그러기에 그 먼곳을 향해 떠나는 것이다. 돌아오지는 않는다. 그럴 마음도 없다. 계속 가 야만 한다면 계속 갈 것이다. 갈 바를 모르고 떠나지만 걱정할 것 하나 없다. 이미 나는 거기에 익숙하다.

먼 길을 가다 보면 거친 들판에서 자야 하고, 비바람을 피할 수 도 없을 것이다. 하지만 아무런 걱정도 되지 않는다. 같이 갈 사 람도 필요 없다. 나의 길은 오직 내가 가야 한다. 당연히 힘들고 어려움이 많을 것이다. 하지만 전혀 두렵거나 겁나지도 않는다. 밤하늘에 반짝이는 나의 별이 나의 유일한 친구일테지만 그것으 로 족하다. 잠도 푹 잤다. 아침이 되었다. 이제 그 먼 곳을 향하 여 길을 나선다.

# 4. 갈 바를 모른 채

아무것도 모른 채
아무도 없는 곳에서
아무것도 가진 것 없이
걸을 수밖에 없었네

같이 가는 사람도 없고
아는 사람도 없이
의지할 곳 하나 없이
혼자 걸었네

방향도 모른 채
어디가 어딘지도 모르고
어떻게 가야할 지도 모른채
그냥 걸었네

먼지 휘달리는 황야
물 한 방울 없는 사막

내리쬐는 태양아래
터덜터덜 걸었네

왜 가야 하는지
꼭 가야만 하는지
돌이킬 수 없는지
알 수도 없었네

힘에 지쳐서
너무 외로워서
더 이상 갈 수 없어서
주저앉고 싶었네

누군가 손이라도 잡아주었으면
누군가 같이 걸어주었으면
누군가 말동무라도 해 주었으면

갈 바를 모른 채 그렇게 걸었네

　참을 수 없는 고통이 머리끝에서 발끝까지 나를 짓눌렀다. 우주
의 미아가 된 것 같았다. 모든 것이 나의 뜻과는 전혀 상관없이
이루어지고 있었다. 내가 가고자 하는 쪽으로 아무리 발버둥쳐도

갈 수가 없었다. 절망과 회의 속에서 나는 너무나 외롭고 힘들었다. 사방이 모두 막힌 것 같아서 어디로 가야 할 지 알 수가 없었다. 잘못 발을 내딛으면 낭떨어지로 떨어질 듯 했다. 한 줄기 빛도 비춰주지를 않아 깜깜한 동굴 속에 갇혀 있는 것 같았다. 그 답답함은 내 인내의 한계를 넘어섰다.

지나온 시간에 대한 허무함과 삶의 의지도 잃은 채 바닥에 주저앉아 모든 것을 원망했다. 모든 것을 다 포기하고 싶었다.

하지만 생의 의지는 인간의 본성인지도 모른다. 다른 이를 의지하지 않기로 했다. 거기서부터 출발했다. 나의 나뇜은 오직 나에게만 맡겨져 있다는 것을 깨달았다. 나 혼자 그냥 모든 걸 다 헤쳐나가기로 했다. 외로움도 그저 사치에 불과했다. 나의 삶은 어차피 나의 삶일 뿐이다. 다른 이와 공유할 수도 없다.

누구도 바라보지 않고 그 어떤 도움도 바라지 않은 채 무릎을 펴고 두 발로 일어섰다. 휘청이는 나의 몸을 가누기도 힘들었지만 마음을 비우고 모든 것을 버렸다. 어떤 용기로 그 많은 것을 버릴 수 있었는지 나도 이해할 수 없었다. 생의 본능은 나를 그렇게 만들었다. 몸이 가벼워지니 걸을 수가 있었다.

나를 망쳤던 나 자신마저 버렸다. 나를 버리고 나니 내 자신의 내면에 평안이 깃들기 시작했다. 높은 공중에서 모든 것을 맡긴 채 대기의 흐름에 나를 놓아버렸다. 이제는 잃을 것이 없기에 그것이 가능했다. 한없이 아래로 떨어졌지만, 바닥에 가까울수록 나의 눈이 밝아왔다. 어느덧 고통이 사라져감을 느꼈다.

그렇게 고통을 극복하니 자유가 찾아왔다. 어떤 것에도 미련이 없었고, 어떤 것에도 연연해하지 않을 수 있었다. 어쩌면 삶 자체에 대한 자유인지도 모른다. 고통을 극복하고 난 후 나는 다시 태어남을 느꼈다. 그리고 내가 누구인지를 알 수 있었다.

삶은 어쩌면 고통의 연속일지 모른다. 나는 고통을 원하지 않았다. 나의 의지와 상관없이 그것은 나의 삶을 관여했다. 하지만 이제 나는 고통으로부터 그리고 삶으로부터 자유롭다.

높은 곳에서 떨어져 보았기에 이제는 날개를 펼쳐 자유롭게 비행할 수 있다. 나의 몸은 이제 깃털처럼 가볍다.

# 5. 홀로

그 거친 길을
홀로 나섰네

힘이 되어 줄 사람
함께 할 사람 하나 없이

그 길을 그렇게
홀로 나섰네

어디가 어딘지도 모른 채
밤이건 낮이건 상관없이
그렇게 그 길을 홀로 걸었네

누군가 함께였더라면
힘들 때 쉴 수라도 있었다면

그리 힘들지는 않았을 것을

무심한 하늘을 쳐다보고
원망도 많이 했었네

얼마나 더 걸어야 할까

한없이 펼쳐진 이 길은
언제 끝이 나는 걸까

지평선 너머 끝없는 그 길을
난 아직도 홀로 걷고 있네

　예전의 나의 모습을 생각해 보면 무척이나 나약했던 것을 인정
하지 않을 수 없다. 왜 그리 혼자 할 수 있는 것이 없었을까. 시
간이 지나며 깨달은 것은 모든 것을 내가 하지 않으면 이룰 수 있
는 것이 거의 없다는 것을 알았다. 주위의 많은 좋은 분들의 도움
도 많았지만 결국은 내가 해결해야 끝이 났다. 내면의 강인함이
없이는 할 수 있는 것이 너무나 적었다.
　나는 사람들을 바라지는 않는다. 아무리 가까운 사람일지라도
이제는 더 이상 기대를 하지 않는다. 그리고 이제는 내가 모든 것
을 다 해결하려 한다. 힘들고 어렵지만 도와줄 사람이 그리 많지
않다는 것을 안다. 내게 도움을 주는 사람에게 내가 그렇게 고마

움을 느끼는 것은 이런 이유 때문이다.

 이제는 홀로 서는 게 그리 어렵지 않다. 누군가 내 옆에 오래도록 있지 않을 것임을 너무나 잘 알기에 홀로 서지 않으면 아무 것도 할 수 없다. 그리하지 않으면 내 자신마저 지킬 수 없다.

 그 누구도 나의 편이 되어 주기를 기대하는 것은 어쩌면 욕심일지 모른다. 내 가슴을 채워줄 수 있는 사람은 아무도 없다. 그래서 마음의 창문을 닫을 수밖에 없다. 하지만 나는 서정윤 시인처럼 열심히 살지는 않으려 한다. 불면의 밤을 새우지도 않을 것이다. 나는 그럴 필요를 느끼지 못한다. 그 이유는 더 바랄 것이 없기 때문이다. 그동안 열심히 살았다. 불면의 밤도 새울 만큼 새웠다. 그것으로 충분한 것 같다.

 나는 그냥 맡기고 살려고 한다. 내 자신의 삶에도 내 스스로 그리 많이 관여하지 않을 생각이다. 여러 가지 삶의 모습들이 있겠지만 별 차이는 없다. 무언가를 하기보다는 무언가를 보고 싶다. 내 마음의 눈을 열어 그동안 볼 수 없었던 것들을 볼 수 있기를 바란다. 그러기에 홀로 있음이 필요한 것은 아닐까 싶다. 이제는 마음의 문을 열 준비가 되어 있다.

# 6. 별


나에겐 별이 있습니다
밤에 보면 반짝입니다

낮엔 보이지 않지만
항상 그 자리에 있습니다

언제나 나를 보고 있고
언제나 나를 지켜주는
나에겐 예쁜 별이 있습니다

내가 어디를 가고
내가 어떤 일을 겪어도
내가 잘못을 하고
내가 어려움에 처해도

그 어떤 것에도
아랑곳하지 않은 채

항상 나를 따라다니는
반짝이는 별이 있습니다

과거에도 그 별은 있었고
지금도 나와 함께 있고
이 생에서 나의 삶이 다할때까지

언제까지나
나를 비추어주는

아름다운 별이
나에겐 있습니다.

　어릴 적 밤하늘의 빛나는 별을 하염없이 바라보곤 했다. 저 별
은 왜 이리 반짝이는 걸까. 저 별엔 도대체 무엇이 있는 것일까.
거기에 가볼 수는 없을까. 한없이 바라보던 밤하늘의 별은 어느
덧 내 마음으로 빛줄기를 타고서 내려온 듯 싶었다. 그 후로 나는
내 마음의 별을 찾아 이제까지 달려온 듯 싶다.
　나는 왜 그리 별을 좋아했던 것일까. 별은 시간이 많이 흘러도
변하지 않는다. 어떤 조건이나 이익에 연연하지 않고 항상 그 자
리에서 어둠을 밝힌다. 오늘이나 내일이나 변함없이 자신을 태워

빛을 발한다. 변함이 없기에 믿을 수 있고 믿을 수 있기에 좋아할 수밖에 없다. 저녁을 먹고 밤하늘을 바라보는 이유는 항상 그 자리에 별이 존재한다는 믿음 때문이었다. 변하지 않는 내 마음의 별은 어디에 있는 것일까.

별은 운명이다. 운명은 거스를 수 없다. 내가 있는 시공간에 같이 존재해야 한다. 가장 빛나는 별일지라도 시공간이 일치하지 않는 이상 나의 별은 아니다. 그러기에 운명이다. 만날 수 있기에 만나는 것이고 만날 수 없기에 못 만나는 것이다.

운명은 나를 빛나게 한다. 그로 인해 나는 행복하며 그러기에 기쁨의 원천이다. 나의 운명의 별은 어디에 존재하고 있는가.

나의 별은 나를 바꿀 수 있다. 별을 바라봄은 어쩌면 동경이요 꿈이다. 나의 꿈은 나를 변화시킨다. 나의 이상향이기에 거기에 도달하기 위해 나는 나를 바꾸어 나간다. 지금의 모습으로 불가능하기에 더 나은 모습이 되기 위해 내가 나를 바꾸어 나간다. 내 마음의 별은 그러한 능력이 충분하다. 나를 바꿀수 있는 그 별은 그 어딘가에는 있다.

나는 나의 별을 위해 모든 것을 할 수 있다. 나의 가진 것을 다 주어도 아깝지 않고 나의 생명 다할 때까지 그 별을 위해 모든 것을 바친다. 나의 별을 위해 무언가를 할 때 나는 지치지 않고 힘들지 않다. 그것이 나의 존재 이유가 되기 때문이다. 나의 별을 위해서는 어떤 장애물이나 역경이 와도 두렵거나 무섭지 않다. 알 수 없는 나의 내면의 힘은 극대화 되어 나의 별을 지키기에 모든 힘을 쏟는다.

　오늘도 나는 밤하늘의 별을 바라본다. 밤하늘의 별이 변함없이 반짝이듯 내 마음의 별도 영원히 빛날 것이다.

# 7. 부치지 못한 편지

쓰고는 지우고
다시 쓰고는
또다시 지우고

정말 오랜 시간
마음을 담았습니다

못 쓰는 글씨였지만
태어나 가장 많은
정성을 기울였습니다

어쩌면 그 글씨는
바로 나 일지도 모릅니다

나의 따뜻한 마음과
한없는 그리움과
애달픈 감정과

나의 영혼과
나의 모든 것이 담긴
편지였습니다

하지만 결국 그 편지는
내 품을 떠나지 못했습니다

아직도 그 영혼의 편지는
나에게 있습니다
편지는 마음이다.

　글은 마음이다. 그러한 글이 모여진 편지는 마음의 집합이다. 그로 인해 나는 이 세상에 혼자가 아님을 느끼며 외로움에서 벗어날 수 있다. 그 힘을 받아 힘든 가운데에서도 살아낼 수 있다.
　편지는 설렘이다. 고등학교 1학년 담임선생님은 영어 담당이셨다. 우리 반 60명 모두에게 해외 펜팔을 하라고 하셨다. 펜팔을 하면 영어에 관심이 생기고 영어 공부도 열심히 하게 되리라는 생각이셨을 것이다. 직접 펜팔협회에 연락하셔서 우리 반 학생 모두에게 해외 친구 1명씩을 배정시켜 주셨다. 내 펜팔 상대는 스웨덴의 Monica라는 여자아이였다. 생전 처음 해보는 펜팔이었다. 영어도 익숙하지 않은 채 선생님이 시키는 대로 억지로 영어 편지 한 장을 써서 나에게 배정된 친구인 Monica에서 해외 편지를 보냈다.

나는 설마 답장이 올까 하는 의구심을 떨쳐버릴 수 없었다. 한 달이 조금 못되어 정말 답장이 왔다. 처음 받아 보는 해외에서 온 편지였다. 너무 신기하기도 하고 기쁘기도 했다. 선생님은 처음에 편지 받은 것도 확인을 하시고 답장을 써서 보내는 것도 확인하셨다. 그리고 그다음부터는 알아서 잘하라고 하셨다. 그렇게 그녀와 계속해서 편지를 주고받았다.

편지를 보내고 나면 그 순간부터 그녀의 편지가 기다려졌다. 답장이 올 시간이 가까워지면 가슴이 설레기 시작했다. 그 설렘은 시간이 지나면서 더 커져 갔다. 그렇게 한 달 정도가 되어 편지를 받으면 뛸 듯이 기뻤다. 그녀의 편지를 받자마자 바로 열어 보고 몇 번이나 읽었는지 모른다. 한 번도 만나지 못했던 사람인데도 불구하고 언젠간 볼 수 있지 않을까 하는 알 수 없는 기대도 갖게 되었다. 서로의 사진도 주고받았다. 나와 나이도 같고 생각하는 것도 비슷한 것 같았다. 몇 번 주고받고 끝날 것 같았던 그 편지들은 3년 이상이나 계속되었다. 3년이 넘는 기간의 그 설렘들은 아직도 기억에 생생하다. 내가 고등학교를 졸업하고 서울로 가면서 주소를 바꾸는 과정에서 연락이 끊기고 더 이상의 편지 왕래는 없었지만, 그 추억들은 아직도 내 마음에 남아 있다. 해외 친구하고의 그 편지는 나에게 아름다운 선물을 해주었다. 마음의 선물이었다.

편지는 관심이다. 대학을 졸업하고 미국으로 유학을 갔다. 미국에 간 지 2년 정도 지나 한국을 한번 왔다 갔는데, 그때 주위 소개로 한 아가씨를 만났다. 한국에서 서너 번 만나고 나는 다시 미국으로 갈 수밖에 없었다. 미국에 가기 전 서로 주소를 교환하고 편지를 하기로 했다. 미국에 도착한 후 한국에서 몇 번 만나지 못했기에 나는 아무 생각 없이 그냥 그녀에게 편지 한 장을 썼다. 답장이 올 거라는 기대는 사실 그렇게 많이 하지 않았다. 그런데 한 달이 지나 그녀로부터 답장이 왔다. 생각지도 않은 그 편지는 나에게 커다란 미소를 안겨 주었다. 그래서 나 또한 다시 답장을 보냈다. 몇 번 만나지 못하고 주고받는 편지라 일상생활에 대한 무미건조한 내용들이 대부분이긴 했다. 우표에 찍힌 소인을 보니 한국에서 미국까지 오는데 일주일에서 열흘 정도가 걸렸다. 미국에서 한국까지 가는데도 그 정도의 시간이 걸렸을 것이다. 편지 받고 어영부영 답장을 쓰는데, 며칠의 시간이 걸렸다.

　그렇게 한 달에 한 번 정도 편지를 쓰고 답장을 받았다. 나는 편지를 쓰면서도 내가 언제 한국을 다시 가게 될지 몰라 그저 내 주위에 일어나는 일들을 쓰는 수밖에 없었다. 그녀의 편지도 마찬가지였다. 그렇게 1년 정도 10번 이상의 편지를 주고받은 것 같다. 1년 정도 지나 생각을 해보니 나에게 그다지 관심이 없는 것 같고, 언제 또 만나게 될지 기약도 없기에 나도 모르게 답장을 보내지 못했다. 그녀도 그녀의 갈 길을 가야 하지 않을까 하는 마음도 있었다. 하지만 지금 돌이켜 생각해 보면 편지를 주고받는 그 자체가 관심이 아니었을까 싶다. 나는 그것을 당시에는 잘 몰랐다. 미국에 오기 전에 한국에서 조금 더 그녀를 만났더라면 어땠을까 하는 마음이 당시에 많이 들기도 했던 것은 사실이다.

편지는 사랑이다. 미국에 혼자 있으면서 많은 일들을 겪었다. 좋은 일도 있었지만 어렵고 힘든 일도 많았다. 모든 것을 나 혼자 해결해 나가다보니 힘에 부치는 것도 많았다. 하지만 한국에서 어머니로부터 오는 편지는 나에게 커다란 힘이 되어 주었다. 두세 달에 한 번 정도 보내주시는 어머니의 편지는 내가 사랑받고 있음을 너무나 깊게 느낄 수 있었다. 그 커다란 미국이라는 대륙에 오직 나 혼자만 있는 것 같은 외로움이 있었지만, 어머니의 편지는 내가 혼자가 아님을, 어머니와 함께하고 있음을 느낄 수 있었다. 그 사랑은 내 마음에 등불이 되어 힘든 과정을 다 끝낼 수 있는 가장 커다란 힘이 되어 주었다.

요즘에야 편지를 주고받는 일은 거의 없다. 핸드폰이나 이메일이 워낙 발달이 되어서 편지 쓸 일조차 없다. 핸드폰으로 문자를 주고받고, 이메일을 이용해 연락을 하긴 하지만 예전에 주고받았던 그런 편지와는 너무 많이 다른 것 같다. 편지에는 설렘이 있었고, 관심이 있었으며, 따뜻한 사랑이 있었다. 그 편지들을 다 모아 놓았다면 지금도 추억에 많이 잠길 텐데, 이사를 너무 많이 하다 보니 그 흔적을 찾을 수조차 없다. 비록 그 편지들을 가지고 있지는 않지만, 그 마음은 아직도 내 가슴 깊은 곳에 남아 있다.

# 8. 순간

아름다운 순간
행복했던 순간
기쁨의 순간도 있었으나

고통의 순간
아픔의 순간
슬픔의 순간도 있었으니

우리  삶은 순간의 집합

잊으로라도
소중한 기억만이 남았으면

　제임스 조이스의 소설 〈더블린 사람들〉에서 보면 살아가는 삶의 과정에서 특별하게 다가오는 어느 한순간을 에피퍼니 (epiphany)라 이야기한다. Epiphany란 종교적으로는 신의 존재가 우리가 있는 현 세계에 드러나는 것을 말하지만, 일상적으로는 어떤 깨달음을 뜻한다. 단순한 깨달음이 아닌 중요한 깨달음으로써 그로 인해 그의 삶이 변화됨을 의미한다. 이 책은 단편을 모아 놓은 것인데 각 소설의 주인공은 여러 가지 삶을 살면서 수많은 갈등을 겪으며 에피퍼니의 순간을 경험하여 새로운 세계로 나아가게 된다.

이 작품 중 〈죽은 자〉에서는 남자 주인공이 여자 주인공의 마음 속에 옛 애인이 자리 잡고 있음을 알았을 때 충격을 받지만, 서로 간의 결혼 생활에 열정이 없었고 자신은 허수아비 같았던 것을 깨달은 후 자신을 돌아보며 진정한 결혼 생활에 이르게 되는 이야기이다. 만약 그러한 에피퍼니의 순간이 없었다면 그 이후의 결혼 생활도 아무 의미 없는 시간 낭비였을 것이다.

삶은 에피퍼니의 순간이 많을수록 더 성장된 모습의 자아가 될 수 있을 것이다. 아무런 변화 없이 관성이나 타성에 젖어 살다 보면 항상 그 자리에서 예전의 그 모습으로 살 수 밖에 없다.

듀에인 슐츠가 쓴 〈성장심리학〉의 책에 보면 성숙한 사람의 한 모형으로서 올포트의 모형을 제시한다.

"자기 자신에 대한 올바른 자각에는 그 사람이 자기를 어떻게 생각하고 있으며 실제의 자기는 어떤 사람인가의 관계에 대한 통찰력이 필요하다. 이 두 개념간의 연관성이 가까울수록 개인의 성숙도는 커지게 된다. 또 다른 중요한 관계는 그 사람이 자신을 어떻게 생각하는가와 다른 사람은 그를 어떻게 생각하는가의 차이이다. 건강한 사람은 자기 자신의 객관적인 영상을 형성하는

데 다른 사람의 의견에 개방적이다."

이는 한마디로 자신을 객관화시킬 수 있느냐에 따라 보다 나은 모습으로 성장해 갈 수 있다는 의미이다. 자신을 정당화시키는 것과 객관화시키는 것은 커다란 차이가 있다. 정당화는 어쩌면 자기 변명에 불과할 수 있으며 비겁한 행동일 수 있다. 정당화에 능할수록 자신의 성장에 방해만 될 뿐이다. 용기를 내어 그 정당화를 털어 버리고 객관화의 길로 가지 않는 이상 더 나은 모습으로 나아가는 것은 어려운 일이다.

보다 나은 모습의 나로 변화되길 원한다면 에피퍼니의 순간이 필요하다. 또한, 스스로 그런 순간을 더 많이 가질 수 있도록 노력해야 할 필요가 있다. 그러기 위해서는 깨어 있어야 한다. 내 자신을 객관적으로 볼 수 있는 눈이 없는 한 그것은 불가능하다. 만약 현재 내가 가지고 있는 인식의 프레임을 벗어나지 못한다면 그러한 순간을 느끼기에 너무나 부족할 것이다. 내가 가지고 있는 색안경을 벗고 그 틀을 벗어나야 내가 볼 수 없었던 것을 볼 수 있을 것이다.

요즘엔 왠지 불가능하겠지만 매일을 살아가는 일상 속에서 나에게도 에피퍼니의 순간이 많이 있으면 좋겠다는 생각을 한다. 매일 반복되는 일상에서 너무 할 일도 많고 신경써야 할 것도 많아 지치고 힘든 날들이 연속되다 보니 나는 너무 게을러진 것 같다. 정신없이 지나간 시간 속에서 보다 더 중요했던 순간들이 많았을 텐데 그러한 순간들을 다 놓쳤는지도 모른다. 아니, 오늘도 나에게는 에피퍼니의 순간이 있었을지도 모른다. 그 순간이 있었음에도 불구하고 나의 눈과 귀는 어두워 그 순간을 놓쳤던 것은 아닐까?

# 9. 원래의 고향

따뜻한 봄이 되니
예쁜 꽃들로 가득합니다

나비와 벌들이 날아다니고
새들도 지저귑니다

어느새 햇볕 따가운
한여름이 되었습니다

먹구름이 몰려오니
소낙비가 내립니다

모두들 더위에 지쳐
나무 그늘 아래서
낮잠에 빠졌습니다

무더운 여름도 잠시

선선한 가을 바람이 붑니다

들녘엔 황금빛으로 가득하고
농부들은 추수하느라 구슬땀을 흘립니다

풍요로운 추석으로
붉은 단풍으로
가을은 깊어갑니다

서리가 내리더니
첫눈이 내리고

옷깃을 여미는 추위에
함박눈이 펑펑 내립니다

사계절은 그렇게
매번 반복되더니

철없던 시절이
그리운 나이가 되었습니다

이마엔 주름이 패이고

허리는 굽었습니다

가까운 사람들이
하나씩 떠나기 시작합니다

이제 나도
떠날 준비를 해야합니다

아쉽지만
어쩔 수 없지요

가야하는 건
자연스러운 일

그래도 재밌는
일들이 많았습니다


얼굴에 마지막 미소를  띄우며
이제 작별을 고합니다

모두들 안녕

행복했다고 말하고 싶습니다.

　우리는 어디에서 와서 어디로 가는 것일까? 우주의 나이는 137억 년, 태양계나 지구의 나이의 거의 50억 년. 거기에 비하면 인간의 수명은 찰나에 불과하다. 그런 짧은 시간 안에 우리에겐 왜 이리 많은 일들이 일어나는 것일까?

　우주의 크기에 비하면 지구는 먼지보다도 작은 수준이다. 우주 저 너머에서는 인간이라는 존재가 있는 것조차 모를 것이다. 이 조그만 지구 위에서는 어찌해서 그렇게 많은 일들이 벌어지고 있는 것일까.

　법정 스님이 쓴 〈맑고 향기롭게〉에는 이런 구절이 있다. "자기답게 살려는 사람이 자기답게 살고 있을 때는 감사와 환희로 충만해 있지만, 그렇지 못할 때는 괴로워한다. 자기 몫의 생을 아무렇게나 낭비해 버릴 수 없기 때문이다. 그리하여 다시 버리고 떠나는 연습을 한다. (중략) 본질적인 출가는 비본래적인 자기로부터 벗어나 본디 자기로 돌아가는 데 그 의미가 있어야 한다. 그래서 버리고 떠남으로써 거듭거듭 태어날 수 있어야 할 것이다. (중략) 크게 버리는 자만이 크게 얻을 수 있다는 것은 출가의 영원한 교훈이다. 버리지 않고는 새것을 얻을 수 없기 때문이다. 무아라는 말은 자기 자신을 전부 다 없애 버리라는 말이 아니라, 비본질적인 자신을 털어 버림으로써 본질적인 자신을 크게 일깨우라는 뜻이다. 진리를 구현하려면 찾아 나서는 일 못지않게 욕망을 버리는 강한 의지가 있어야 한다.”

이 지구상에 나의 소유는 하나도 없다. 지금 내 주위에 가지고 있는 모든 것이 내게로부터 온 것이 아니며, 잠시 내 곁에 있다가 언젠가는 떠나게 되어 있다. 나로부터 모든 것이 떠나듯이 나도 모든 것으로부터 떠나야 할지 모른다.

그러기에 버릴 수 있다. 버린다는 표현에는 심오한 뜻이 숨겨져 있다. 단순한 무언가를 버린다는 것이 아니다. 그렇게 단순히 해석한다면 어쩌면 언어의 틀 안에 갇힌 사고의 한계라 할 수 있다. 버리는 것은 돌려주는 것이다. 원래 나의 것이 아니기에 원래 있었던 곳으로 가라고 양보하는 것이다. 모든 영화를 버리고 떠난 싯다르타는 깨달음이 있었기 때문이었다. 원래 본인의 것이 아니었기에 가족도 포함하여 그 모든 것을 버릴 수 있었다.

버리고 떠남으로써 거듭거듭 태어날 수 있다는 말은 새겨야 한다. 이는 진정한 의미로서의 다시 태어남이다. 비본질적인 나를 버리고 본질적인 나를 찾는 여행이다.

나의 가족도 내 것이 아니며, 내가 하는 일도 내 것이 아니다. 나로 인해 무언가가 이루어졌다 할지라도 그것을 나의 것이라 생각하여 마음대로 할 수는 없다. 거기에는 다른 것으로 인하여 함께 생득한 것이 적어도 어느 정도는 포함되어 있지 않을 수 없다. 내가 쓴 글도 내 것이 아니다. 읽는 사람으로 인해 해석하는 것이 천차만별이 될 수 있기 때문이다. 모든 것의 주인은 없다.

버리고 떠나는 것에는 어떤 용기나 생각이나 결심 같은 것도 필요 없다. 삶이 그렇게 만들었기에 아무 미련 없이 떠날 수 있는 것이다. 버리고 떠나기를 고민한다면 아직 미련이 남아 있기 때문이다. 나에겐 이제 그런 미련은 하나도 남아 있지 않은 것 같다.

찰나를 살다 가는 이 지구에서 우리는 그저 나그네일 뿐이다. 고향이란 본래 아픔과 고통이 없는 곳이 아닐까? 이 지구상에서 어쩌면 정말 짧은 시간을 잠시 머무르다 가는 것인데, 나의 본향이라면 보다 자유롭고 평안하며 안정되어야 하는 것은 아닐까.

나의 진정한 고향, 그곳은 아픔도 슬픔도 없고 재산이나 명예도 필요 없는 평안한 곳임에 분명하다. 언젠가 고향이 아닌 나그네 신세였던 이 지구를 떠나 진정한 고향으로 돌아갈 때가 올 것이다. 그러기에 죽음은 전혀 두려워할 것이 못 된다. 나의 진정한 고향으로 가는 여행의 시작일 뿐이다. 지구가 고향이라고 생각하는 한 죽음은 공포의 대상일 뿐이다. 죽음의 너머엔 무엇이 있을지 전혀 알 수 없는데도 불구하고 아무것도 없다고 단정할 수도 없는 것이다. 물론 아무것도 없는지도 모른다. 답이 없기에 단정할 필요도 없다. 물론 이것은 철저한 나만의 주관적 생각에 불과하지만. 죽음은 공포의 대상이 아닌 자유로운 여행의 시작일지 모른다. 나의 고향을 찾아 떠나는. 그러기에 어떤 죽음도 이제는 받아들일 수 있다.

이제는

날아서 가고 싶습니다
바람에 몸을 맡겨
훨훨훨
날아가고 싶습니다

제 스스로의 힘으로
하늘 높이 날아
편하게
가고 싶습니다

아무런 미련도 없이
모든 것을 다 버리고
자유롭게 가고 싶습니다

따스한 햇볕을 받으며
아름다운 꽃들을 바라고
편하고 안락한
그곳으로
이제는 가고 싶습니다.

# 10. 자리

처음 만난 그 곳에서
다섯 달이 지났습니다

이제 그 곳을 떠나
새로운 곳으로 옮겼습니다

지나간 시절은 아픔이었지만
다가올 시간은 기쁨입니다

힘들었던 시간과
작별을 고합니다

어쩔수 없었던 시간도
잊으면 그만입니다

과거는 의미없고
아픔도 잊어버리고

눈물로 보냈던 시간도
자아가 없었던 시간도
이제는 다 끝났습니다

새로운 곳
행복할 수 있는 곳
편하게 지낼 수 있으며
살아 있음을 느낄 수 있는 곳

그곳이
당신이 있어야 할 곳입니다.

　내가 지금 있는 자리는 어떤 자리일까. 나는 지금 이 자리에서 무엇을 해야 할까. 내가 하고 있는 현재의 일은 잘 하고 있는 것일까. 나는 내가 있는 이 자리를 얼마나 사랑하고 있는 것일까. 이 자리에서 나는 얼마나 오랫동안 있어야 하는 것일까? 언제 이 자리에서 나는 떠나야 될까.

　나는 많은 곳에서 살아 봤다. 청주에서 태어나 서울에서 대학을 다니고 미국으로 가서 로스앤젤레스, 뉴욕, 시카고, 샌프란시스코, 인디애나, 그리고 유럽으로 가서 스위스 제네바, 다시 한국으로 돌아왔다. 아마 이사만 해도 최소 20번은 족히 넘을 것이다. 내가 맨 마지막 살게 될 곳은 어디일까?

　이사는 많이 했지만, 내가 하는 일은 그리 변하지 않았다. 초등학교 때부터 이제까지 줄곧 학교라는 울타리에서 지내고 있다. 그러니 어찌 보면 나의 자리는 학교이다. 지금 일하고 있는 곳, 내 사무실은 15년째 항상 똑같은 자리이다. 이 자리만큼 오래 계속 앉아 있었던 곳은 없다. 앞으로 10여 년 이상 이 자리에 계속 있어야 할지 모른다. 어쩌면 내 평생 가장 오래 변하지 않는 자리일 것 같다. 가면 갈수록 이 자리에 애착이 간다. 내가 있어야 할 곳, 내가 사랑하는 곳, 나의 많은 것이 있는 곳, 지금 바로 이 자리이다.

　나는 이 자리를 떠나고 싶지 않다. 물론 큰 일이 없다면 은퇴할 때까지 보장된 자리이긴 하지만 그런 외형적인 뜻은 아니다. 지금 내가 하고 있는 것을 이 자리 떠날 때까지 그냥 유지하고 싶다. 더 나은 자리도 필요 없고 더 좋은 자리도 필요 없다. 나를 불러 주고 내가 일할 수 있고, 나에게 먹고 살 수 있도록 해 준 이 자리는 어쩌면 나의 운명인지 모른다. 더 바라는 것도 없다. 돈도 더 받고 싶지도 않고, 중요한 결정을 하고 싶은 자리를 원하지도 않는다. 그냥 지금 현재로도 나에겐 너무나 충분한 자리이다.

　이 자리에서 할 수 있는 일만 하기를 소원한다. 더 이상 욕심낼 것도 없고 그런 능력도 없다. 하지만 바라는 것이 하나 있다면 내가 10여 년 후 이 자리를 떠나고 나서 내가 있었던 이 자리에 대한 좋은 이야기만 있었으면 한다. 나의 빈자리가 커 보이지는 않을지라도 혹시나 좋지 않은 이야기가 나온다면 나는 너무나도 마음이 안 좋을 것 같다.

언젠가 나는 이 자리를 떠날 수밖에 없을 것이다. 그때까지 내가 하고 싶은 일, 내가 해야 할 일을 후회 없이 하고 떠날 수 있으면 좋겠다. 또한 깨끗했던 자리로, 따뜻했던 자리로 남겨 두고 떠나고 싶다.

이 자리가 마지막이면 좋겠지만, 정말 마지막인 자리 하나가 남아 있을 것이다. 그 자리는 어떤 자리일까. 지금 있는 자리만큼 나에게 많은 의미를 주는 자리였으면 한다. 내가 편하게 쉴 수 있고, 내가 하고 싶은 것을 하며, 나의 마음이 닿을 수 있는 그런 자리이길 바란다. 어쩌면 내가 지금부터라도 그 자리를 준비해야 하는 건지도 모른다. 그 자리에서는 많은 사람과 교류하고 싶지는 않다. 돈하고도 상관없는 자리였으면 한다. 다툼이나 불화가 있는 것도 싫다. 지금보다 따뜻하고 평화롭고 아무 생각 없이 지낼 수 있는 자리였으면 한다. 사람 많은 도시를 떠나 자연과 쉽게 접할 수 있는 곳으로 가고 싶다. 어릴 적 좋아했던 강아지도 키울 수 있고, 세상 소식을 몰라도 되고, 내가 심은 것을 내가 거둬 먹을 수 있고, 좋은 사람들과 오래 함께 할 수 있는 욕심 없는 그런 곳이면 좋을 것 같다. 평안한 마음으로 어떤 일을 해도 문제없는 그곳, 아마도 그곳이 나의 마지막 자리일 것이다.

# 11. 나를 잊은 나

한번쯤은
나만의 시간을 갖고 싶습니다

한번쯤은
나만을 위해 살고 싶습니다

한번쯤은
나만을 위해 쉬고 싶습니다

한번쯤은
나만을 위해 떠나고 싶습니다

어쩌면 나의 인생은
내 것이 아니었나 봅니다.

　나는 왜 그동안 나를 잊고 살았던 것일까? 내 자신을 많이 사랑
하지 못했고 나 자신을 위해 살지 못했던 것 같아 내 자신에게 미

안할 뿐이다. 사랑하면 아껴주어야 하는데 난 내 자신을 너무 아끼지 않았던 것 같다. 건강을 위해 전혀 신경 쓰지도 않았고 내 자신을 위해 돈 쓰는 것도 몰랐다. 음식도 제일 싼 것만 찾아서 먹었고, 옷이나 신발 같은 것도 거의 사지 않았을 뿐 아니라 가장 저렴한 것만 사서 입고 신었다. 일도 쉬엄쉬엄해도 되는 것을 무리하게 시간 쪼개가며 쉬지 않고 일하고 뛰어다녔다. 이제 예전의 나의 몸이 아니다. 체력도 근육도 내리막길에 들어섰기에 다시 올라가기에는 너무 늦었다.

그동안 나는 무엇을 위해 살아왔던 것일까? 사회에서 요구하는 표준적인 삶을 위해 나의 세계를 많이 잊고 살았던 것 같다. 내 자신을 잊고 나의 내면을 잊은 채 남들이 좋다고 생각하는 대략 그런 방향을 따라가느라 나를 돌아볼 틈이 없었다.

이제는 잊혀진 나를 찾아 내 자신을 기억할 때다. 어느 정도라도 내 자신을 사랑하고 나를 위해 조그만 것이라도 하고 싶다. 지나온 시간은 진정으로 나를 위한 삶이 별로 없었던 것 같다. 나를 위해 여행 한번 제대로 가본 적도 없고, 마음 놓고 무엇 하나 사본 적도 없다. 그동안 주인공인 내가 없는 삶이었기에 그렇게 헤매며 살았는지도 모른다.

이제는 나도 나를 많이 사랑하고 싶다. 내 몸도 아끼고 나를 위해 조그마한 사치라도 하고 싶다. 나의 행복을 위해 약간이라도 노력하고, 나의 즐거움과 기쁨을 위해 하고 싶은 것 하나라도 하려 한다. 누군가가 나를 욕하더라도 이제 상관없다. 나를 가장 사랑해야 하는 사람은 나라는 것을 확실히 알기 때문이다. 다른 사람은 그냥 다른 사람일 뿐이며 그가 나의 인생을 대신 살아주지 않는다. 내가 아프다고 해서 대신 아파주지도 않으며, 내가 힘들다고 해서 대신 힘들어할 수도 없다.

더 나은 나를 위해 더 아름다운 나의 내면의 세계를 위해 보다 많은 노력을 하려 한다. 다른 것보다 내가 소중하다고 생각하는 것을 위해 애쓰려 한다. 지나온 시간이 의미가 없는 것은 아니지만, 앞으로의 시간은 더 커다란 의미가 될 수 있도록 나만의 노력을 하려 한다. 그것이 그동안 나를 잊고 살았던 나에게 조금이라도 보상을 해주는 것 같기 때문이다.

앞으로의 시간은 다른 사람도 생각하고 나도 생각하는 시간들이 될 수 있도록 나름대로의 방법을 찾으려 한다. 이제 다가올 시간은 그래서 더욱 기대가 된다. 물론 앞으로의 시간에도 아픔과 어려움도 있겠지만 그것은 당연하다고 생각할 것이다. 그동안의 경험이 더 커다란 어려움도 능히 이겨낼 수 있을 힘이 되어 주리라 굳게 믿는다.

이제는 나를 잊지 말고 꼭 기억하며 하루하루를 지내려 한다. 내가 없어지면 이 세상이나 이 우주도 아무런 의미가 없다. 그러기에 내가 곧 우주고 우주가 곧 나다.

# 12. 자유

나의  자유는 나로부터 말미암아

사람으로부터 자유하고
사회로부터 자유하며
아는 것으로부터 자유하고
욕망으로부터 자유하니

바람이 불어오고
먹구름이 몰려오며
폭풍우가 몰아쳐도
아무런 걱정 없네

나로부터의 자유가
그 모든 것을 해결하리

　자유란 어떤 것에 얽매이지 않음을 말한다. 또한 자신이 어떤
것을 하고자 하는 의지를 뜻하기도 한다. 전자를 소극적 자유라

표현한다면 후자는 적극적 자유라 할 수 있다. 무엇으로부터의 자유란 전자인 소극적 자유이다.

소극적 자유 중에 가장 의미가 있는 것은 나로부터의 자유가 아닐까 싶다. 나로부터의 자유란 나 자신이 나의 인식과 의식에 의해 지배당함으로부터 벗어남을 말한다. 그뿐만 아니라 나의 욕심이나 목표 같은 것도 당연히 포함될 것이다. 하지만 살아가는 과정에서 가장 중요한 것은 나의 생각이 절대적이므로 인식으로부터 자유로움은 정말 중요하다.

"아는 만큼 보인다"라는 말이 있다. 이는 내가 많이 아는 것이 중요하다는 의미도 되지만, 다르게 해석해 보면 내가 알고 있는 것에 구속될 수밖에 없음을 뜻하기도 한다.

사람들이 하는 많은 실수 중의 하나가 현재 자신이 알고 있는 것이 전부라 생각하여 이를 바탕으로 판단하고 행동하는 것이다. 물론 대부분의 사람이 그렇게 하기에 그것이 자연스러운 것이라 할 수도 있다. 하지만 간과하지 말아야 할 것은 우리 인식은 고정되어 있는 것이 아니라는 사실이다. 우리가 가지고 있는 현재의 인식, 그 너머에도 무언가는 항상 존재한다. 인식의 틀이 우리의 진정한 자유를 막고 있다는 것은 엄연한 사실이다.

나의 가능성의 영역을 확장하고 나의 한계를 깨기 위한 가장 좋은 방법은 바로 나의 인식으로부터 자유, 즉 내가 알고 있는 것으로부터의 자유라 할 수 있다.

인식은 어찌 보면 기억과 지식에 불과하다. 이것은 과거의 산물

일 뿐이다. 바꾸어 말하면 내가 어떤 선택이나 판단을 할 때 나는 과거를 기반으로 하고 있음을 말한다. 하지만 그러한 과거를 바탕으로 한 판단이나 선택이 나의 미래를 결정하는 메커니즘은 발전적이 아니다. 물론 그것이 자연스럽고 최선일 수 있으나 거기에 얽매일 필요는 없다.

　말하고 싶은 것은 우리는 열린 마음으로 나의 인식의 한계를 깨뜨려 나가자는 것이다. 나의 인식으로 인해 선택이나 판단을 하는 것이지만 그 순간에도 항상 나의 판단이 옳은지 생각하고 판단을 한 후에도 다른 가능성이 있을 수 있음을 계속 생각해야 한다. 더욱 중요한 것은 그러한 생각이나 판단이 옳지 않음을 인식하고 나면 과감하게 자신의 판단을 뒤집을 용기가 필요하다. 이것이 바로 아는 것으로부터의 자유이다.

　인간은 완벽할 수는 없다. 하지만 완벽해지려고 노력하는 사람과 그렇지 않은 사람은 차이가 난다. 그 차이가 시간의 함수로 이어진다면 많은 시간의 흐름 후에 나타나는 결과는 상상외로 클 수 있다. 인간의 위대함은 여기에 존재하는 것이 아닌가 싶다. 자신의 틀을 깨뜨리려는 노력 말이다. 그것이 신이 우리에게 준 선물이 아닌가 싶다.

# 13. 길을 찾아

삶의 길을 찾아 걸었네
어딘지 모른 채로
나 홀로 그 길을 걸었네

뿌연 안개속
마음에 등불 하나 켠채로
혼자 걷다 지쳤네

끝없는 이어지는 그 길엔
마음을 나눌
누구 하나 없었네

남은 길은 얼만큼일지
끝까지 걸을 수나 있을지
길 위의 적막이 내 가슴을 울리네.

우리는 항상 어떤 길을 걸을까 생각하며 고민한다. 내 앞에 수많은 길들이 놓여 있지만 내가 갈 수 있는 길은 오직 하나다. 우리에게 삶이 한번 주어지듯이 내가 걸어가야 하는 길도 하나밖에 없다. 중간에 갈림길이 나와도 거기서 선택할 수 있는 길은 역시 하나밖에 없다. 나의 존재가 하나이듯 내가 선택할 수 있는 길도 하나 뿐인 것이다.

어떠한 길을 선택해서 가느냐에 따라 나의 삶이 달라진다. 삶의 순간에서 나의 선택이 어떻게 될지 나도 모르는 경우도 있다. 나름대로 최선을 다해 선택했을지라도 내가 생각했던 것과 다를 수도 있다. 내가 선택한 길일지라도 내가 원하지 않는 일이 일어날 수도 있다.

그 길을 가는 도중에 내 인생의 모든 일들이 일어난다. 기쁨과 슬픔, 사랑과 미움, 그리고 행복과 불행도 내가 가는 그 길에서 일어나는 것들이다. 그 길을 가다 보면 넓어지기도 하고 오솔길이 되기도 하며 오르기 힘든 경사진 산길이 되기도 하고 거침없이 질주할 수 있는 내리막이 되기도 한다.

그 길을 가면서 많은 사람을 만나기도 한다. 어떤 사람과는 오래도록 같이 가기도 하며, 만나 잠시만 이야기하다 헤어질 수도 있고, 함께 가고 싶어도 함께 가지 못할 때도 있고, 같이 가기 싫어도 같이 가야 하는 경우도 생긴다. 나의 평생의 인연은 내가 가는 그 길에서 모두 만날 수밖에 없다.

내가 선택한 길이지만 그 길을 가다 보면 소나기가 오기도 하며, 이글이글 타오르는 강렬한 태양 빛이 내리쪼이기도 하고, 흐르는 땀을 식혀주는 시원한 바람이 불기도 하며, 하얀 눈이 펑펑 내려 내 마음을 푸근하게 해주기도 한다. 하지만 그 모든 것은 내가 원하건 원하지 않건 나와 상관없이 나타날 뿐이다.

어느 날은 뛰어가고 싶기도 하고, 어느 날은 천천히 가고 싶기도 하며, 힘든 날은 아예 주저앉아 한 발자국도 가고 싶지 않기도 하지만 내가 선택한 그 길을 내 생명 다하는 날까지 가야만 하는 것은 어쩔 수가 없다.

가다 보면 짐이 생겨 어깨에 짊어지기도 해야 하고, 너무 무거운 짐은 등에 짊어져야 하기도 하며, 가슴에 끌어안고 가야 할 경우도 있다. 다리를 다쳐 걸을 수 없는 경우도 있으며 허리가 아파 허리를 펼 수 없는 날도 있고, 먹을 것이 없어 배를 움켜쥐고 가야 하는 날도 있다.

하지만 이 모든 것에도 불구하고 나는 나의 길을 가야 한다. 내가 원해서 선택을 했건, 나의 의지와 상관없이 선택된 길이건 나는 그 모든 것에 상관없이 그 길을 가야만 한다. 끝까지 다 가고 나면 그동안 내가 걸어왔던 길을 한참이나 돌아보리라. 그리고 나에게 말하리라. 내가 걸어온 길은 운명이었노라고.

# 14. 살아있음

살아있음을  느낍니다
나의 존재의 증명입니다

내가 할 수 있는 것이 있고
내가 좋아하는 것이 있으며
내가 몰입하는 것이 있습니다

멀리 있지 않고
바로 오늘 여기에
삶의 기쁨이 있습니다

　세계는 내가 존재하므로 의미가 있다. 내가 이 세상에 존재하지
않는다면 모든 것은 나에게 아무것도 아니다. 내가 있어야 모든
것이 있다. 내가 없으면 이 우주 전체도 나에겐 아무런 의미가 없
다. 그러기에 내가 곧 우주다.
　이생을 떠나면 나는 무로 돌아간다. 그 많은 인연들, 그 많았던
일들, 수많은 사물과 사건들, 내가 가지고 있었고 누리고 있었던

것들, 내 주위에 존재했던 모든 것들, 내가 지내왔던 시간들, 모든 것을 다 포함하고 있는 이 세상도 다 사라지고 만다. 그냥 다 없어지고 만다. 모든 것은 내가 살아 있어야만 가능하다.

살아가다 보면 가슴 시리게 아픈 일도 많고, 견딜 수 없게 힘든 일도 수없이 겪는다. 내가 원하지 않는 일도 나에게 닥치고, 생각지도 않고 상상하지 않았던 일들도 나에게 밀려든다. 내가 어쩔 수 없는 것이 나를 억누르기도 하고, 나를 절망의 구렁텅이로 몰아넣는 것도 많으며, 내가 거기서 헤어나지 못할 정도로 나를 힘들게 하는 일들도 많다. 눈물마저 흐르지 않을 정도의 아픔도 있고, 뼈에 사무치는 그리움도 있다. 나를 무릎 꿇리는 삶의 거대함도 있고, 내가 스스로 무릎 꿇을 수밖에 없는 삶의 무게도 있다. 가끔은 너무 기뻐 하늘을 날아갈 것만 같은 일도 있고, 너무 행복해 구름 위에 둥둥 떠다니는 듯한 일도 있다. 너무 만족스러워 바보처럼 나도 모르게 웃는 때도 있다.

하지만 이 모든 것은 내가 살아 있어야 가능하다. 내가 살아있음이 그 모든 것의 전제 조건이다. 그러기에 살아있음에 눈물이 난다. 비록 오랜 세월은 아닐지라도 내가 현존하고 있음에 가슴 저릴 뿐이다.

나를 사랑해야 한다. 그 무엇보다 나를 사랑해야 한다. 이것이 그 모든 것을 앞선다. 내가 있어야 모든 것이 있다. 나의 존재 후에 그 무엇이 의미가 있을 뿐이다. 나의 존재 후에 다른 모든 것이 있을 뿐이다. 새벽에 들리는 종소리도 내가 듣는 것이며, 밤하늘의 별들도 내가 있어야 볼 수 있다. 내 주위의 사람들도 내가 있어야 나와 무언가를 함께 할 수 있다. 동네 개가 짖어 대는 소리도 아무런 의미가 없는 것 같지만 내가 있어야 그 소리도 들린다.

내가 있어야 나에게 오는 사람도 있고, 내가 있어야 나로부터 가는 사람도 있다. 오는 사람은 오고 가는 사람은 가는 것이다. 나에게 오고 싶으면 오는 것이고, 나로부터 떠나고 싶으면 떠나는 것이다. 그 이상도 그 이하도 아니다. 그게 전부다. 오고 가는 것에 어떤 의미가 있겠는가?

나를 좋아해 주는 사람이 있으면 고맙고, 나를 아껴주는 사람이 있으면 고마울 뿐이다. 내가 싫으면 알아서 떠나는 것이다. 잡는다고 나에게 있는 것도 아니고, 같이 있자고 해도 나와 함께 하는 것도 아니다. 나는 그저 여기 있으면서 나의 생을 충실히 하기만 하면 된다. 사람 바라볼 것도 기대할 것도 없다.

하늘이 무너지는 일도, 그 하늘이 다시 생기는 일도, 땅이 무너지고, 그 땅이 다시 일어서는 것도, 내가 여기 서 있어야 가능할 뿐이다. 그렇게 나는 이생의 한복판에 그저 서 있을 뿐이다.

그렇게 내가 서 있어야 비로소 다른 모든 것이 내게 온다. 따스한 봄바람도, 끝없이 내리는 장맛비도, 타는 듯한 한여름의 햇빛과 울긋불긋한 가을 단풍도, 온 세상을 덮는 새하얀 눈도 내가 여기 있음으로 가능하다.

새벽에 일어나 창문을 여니 선선한 바람이 나에게 다가온다. 새벽 바람이 그렇게 나에게 다가온다.
나는 지금 살아 있다.

# 15. 앎

내가 지금 알고 있는 것을
계속 깨나가야 하리니

지금에 머물지 말고
계속 깨우쳐야 하리니

안다는 것은 모른다는 것
그 앎의 끝은 어디이런가

나를 넘고 너를 넘어
그 끝에 이르기를 바라니

걷고 또 걷고
묻고 또 묻고
행하고 또 행하니

앎의 끝은 존재요 자유다

인간의 앎은 한계가 있다. 우리는 모든 것을 다 알 수 없다. 그것인 인간 자체의 한계이며 유한성이다. 하지만 많은 경우 우리는 스스로 많은 것을 알고 있다고 착각하는 경우가 있다. 자신이 아는 것으로 모든 가능성을 배제하고 확신하여 판단한다.

진정한 앎은 자신의 모름을 인정하는 데 기반한다. 나는 아직 모르는 것이 너무나 많고 더 많이 배워야 하며 현재 내가 알고 있는 것이 전부가 아니기에 나의 생각과 판단이 잘못일 수도 있다는 가능성을 염두에 두는 것이 바로 진정한 앎의 세계다.

자신이 잘 알지 못하면서 다 알고 있는 것처럼 생각하는 것이 스스로 발전하는 데 있어 가장 큰 장애물이 될 수 있다. 문제는 자신이 잘 알지 못하고 있다는 그 사실을 인식하기 힘들다는 데 있다. 열린 마음이 없기 때문이다.

자신의 생각을 고집하고, 다른 사람에게 본인의 생각을 강요하는 것, 그것이 진정한 앎의 세계에서 가장 큰 장애물이 될 수 있다. 끊임없이 자신의 한계를 깨나가는 것, 이것이 진정한 앎의 세계로 나아가는 것인데, 자신이 옳다고 생각하는 것이 그 한계를 정해버리고 마는 것이다. 이로 인해 스스로의 가능성의 영역을 넓혀 나가지 못한다.

우리가 살아가면서 주의해야 할 것 중의 하나가 바로 자기기만이다. 이는 자신이 잘 알지 못하는데 자신이 알고 있는 것이 완전하다고 생각하는 것이다. 스스로를 나도 모르게 속이고 있는 것이다. 혹은 자기 자신을 진정으로 잘 모르기 때문에 그럴 수도 있다.

내가 무엇을 알고, 무엇을 모르는지, 어떤 것을 더 배우고, 어떤 것이 틀렸는지, 스스로 인식하려고 노력하는 것이 더 나은 나의 모습을 위해 가장 필요한 것이 아닐까 싶다.

# 16. 불행

내가 원했던 것이 아닙니다
비켜 가기를 바랐습니다

하지만 다가오는 걸 어찌합니까?
그래서 삶은 잔인한지도 모릅니다

아무리 가까운 사람이라도
나의 불행을 나눌 수는 없습니다

어차피 내가 짊어져야 합니다
그래서 삶은 고독한 것인가 봅니다

  평범하게 사는 것이 가장 힘들다. 그리고 평범하게 사는 것이
가장 행복하다. 그래서 행복이 힘든 것인가 보다. 평범하게 사는
것을 싫어하는 사람도 많다. 다른 사람하고 좀 다르게 살고 싶은
경우도 많다. 즉 평범을 거부하는 이들도 많다. 하지만 그들도 그
리 행복한 것은 아니다.

우리가 살아가는 것은 무엇을 위한 것일까. 행복하기 위해서일까. 삶은 꼭 어떤 목적이 있어야 하는 것일까. 행복하기 위한 목적을 위해 우리는 열심히 살아가다가 행복할 수 있는 시간을 다 놓치고 있는 것은 아닐까. 우리가 노력한다고 해서 행복이 내가 원하는 만큼 주어지는 것일까.

나는 단지 행복을 위해 살아가고 싶지는 않다. 바라건대 단지 커다란 불행만이라도 나에게 오지 않기만을 바랄 뿐이다. 행복을 몰라도 좋다. 그저 나를 절망에 빠뜨리는 그러한 불행만이라도 피했으면 한다. 나도 웃으며 즐겁게 살고 싶지만, 설령 그렇지 못하더라도 가슴이 찢어지고 간장이 녹아내리는 그러한 것만이라도 나에게 오지 않으면 바랄 것이 없을 것 같다.

행복하지 않아도 좋다. 커다란 불행이 없다면 나는 웬만한 것으로도 행복을 느낄 자신이 있기 때문이다. 많은 사람이 원하는 것을 얻지 못해도 상관없다. 그것은 나에게 절대적인 것이 아니기 때문이다.

내가 원하지 않았던 일들, 전혀 예상하지 못했던 일들, 감당하지 못하는 것들이 나의 어깨를 찍어 누를 때 앞이 보이지 않기에 그 자리에 주저앉고 싶은 마음밖에는 없다. 그래도 다시 일어나 걸어야 하는 나 자신이 스스로 불쌍하다. 그냥 그 자리에 영원히 주저앉아 있고 싶을 뿐이다. 아무것도 하지 않은 채 그저 그냥 그 자리에서 죽은 듯이 멈추고 싶을 뿐이다.

다가온 불행이 끝났다고 해서 행복해지는 것도 아니다. 다음에 그보다 더 큰 불행이 또 온다는 것을 너무나 잘 알기 때문이다.

불행을 크게 생각하지 않으려 해도 사실이 그렇지가 않으니 나의 능력을 넘어서는 것임에는 틀림이 없다. 내가 할 수 있는 것이 그리 많지 않으니 어쩔 수가 없다. 나의 능력과 한계는 거기까지밖에 되지 않는다는 것을 너무나 잘 안다.

받아들이고 그냥 맡긴다고 하더라도 마음은 편안해질지 모르나 문제가 해결되는 것이 아니라는 것은 어쩔 수 없는 사실이다. 다만 그러한 것에 익숙해져 갈 뿐이다. 그러는 사이 나에게 주어진 시간은 모두 잃었고, 그 시간은 어떤 수를 쓰더라도 다시 찾을 수가 없다.

삶은 나를 배신할 수도 있다. 하지만 나는 삶을 배신할 수가 없다. 모든 것이 나의 책임이기 때문이다. 지나온 것들이 그렇게 얽혔을 뿐이다.

하지만 소원할 뿐이다. 더 큰 불행만이라도 나를 비켜 가 주기를.

# 17. 그리움

내 마음 알아줄 이 어디 있는가
내 마음 받아줄 이 어디 있는가

기다리고 기다리고 기다렸건만
언제나 오실런지 소식도 없네

겨울밤 내리는 하얀 눈일까
여름밤 들리는 빗소리일까

행여나 그 일까 바랐건만
무심한 소식에 가슴 미어져

행여나 오늘일까 기다렸건만
서산에 해는 이미 저무네

그리움은 사랑이다. 사랑하기에 보고 싶고 그리운 것이다. 누군가를 그리워하고 무엇인가가 생각나고 보고 싶은 것은 나의 마음에 그것이 있기 때문이다. 사랑은 나와 함께함이다. 나의 마음속에 그것이 있기에 그립고 함께하고 싶은 것이다.

그리움은 우리가 살아가면서 힘들고 어려울 때 더욱 다가온다. 혼자서 무언가를 헤쳐 나가야 하는데 나를 생각해 주는 사람이 옆에 있다면 그 힘든 것을 극복해 나가는 데 있어 힘이 되어 줄 것으로 생각하기 때문이다. 누군가가 옆에 있다면 어려운 것을 함께 할 수 있다는 기대에 더욱 그리운 것이다.

그리움은 눈물이다. 지금 나와 함께 하지 못하기에, 내 옆에 사랑하는 사람이 존재하지 않기에 그 사람 생각이 너무 나기에 그리움이 가슴에 사무쳐서 눈물이 난다. 우리에게 주어진 시간이 그리 많지 않건만, 함께 하고픈 시간이 얼마 남아 있지 않았는데, 그렇게 하염없이 시간이 흘러가고만 있으니 눈물이 날 수밖에 없다.

20대 중반에 홀로 미국에 가서 공부를 시작했을 때 가끔씩 비행기가 지나가는 하늘을 바라보곤 했었다. 살던 곳이 공항에서 그리 멀지 않은 곳이었기에 수시로 비행기들이 하늘을 왔다 갔다 했다. 하늘에서 날아가는 비행기를 볼 때마다 한국 생각이 너무나 났다. 한국에 계신 부모님 생각에 가슴이 미어졌다. 고향이 그립고 사랑하는 사람들이 너무 생각났다. 비행기를 한참이나 바라보다가 고개를 떨어뜨리곤 했다. 저 비행기를 타기만 하면 바로 고향으로 갈 수 있는데 그러지 못함에 마음이 아팠다. 그리움에 사무친다는 말이 무엇인지 너무나 깊이 느낄 수 있었다. 가지 못함에, 만날 수 없음에, 떨어져 있음에, 혼자 밖에 없다는 마음에 마음이 아팠다. 뼈저리게 느껴진 그리움은 나의 삶에 어둠으로 남았다.

그리움은 어쩔 수 없음이다. 보고 싶어도 볼 수 없고, 만나고 싶어도 만날 수 없음에 그리운 것이다. 볼 수 있고 만날 수 있다는 것은 어쩌면 행복이요, 행운이다. 그럴 수 있음에 감사해야 한다.

그리움 없이 살아갈 수는 없는 것일까. 언제라도 사랑하는 사람을 볼 수 있고, 원하는 때 언제라도 만날 수 있는 삶은 불가능한 것일까. 그리움 없이 나머지 시간을 보낼 수는 없을까? 아마 그렇지는 못할 것 같다. 내가 사랑하는 사람이 언젠가 이 땅을 떠날 수밖에 없으니 영원히 그 사람들을 그리워할 수밖에 없을 테니까.

# 18. 타인

타인을 바라지도
기대하지도 않으리

타인은 나를 위해
존재하지 않음이니

타인을 기대함도
어쩌면 욕심일뿐

내 스스로 가야 하리라

내 스스로 하지 못함은
더 이상 갈 수 없음이니

타인의 위로도
타인의 공감도
타인의 관심도

다 부질 없어라

그냥 그렇게 가리라
무너지면 무너지고
넘어지면 넘어지는
쓰러지면 쓰러지는 채로

타인 없이 그냥 홀로

　우리는 평생 살아가면서 많은 사람과 관계와 인연을 맺고 살아
간다. 하지만 우리가 느끼는 희로애락은 가까운 사람으로 인할
뿐이다. 나와 어느 정도 거리가 있는 사람에게는 그러한 감정이
나 마음을 별로 느끼지는 못한다. 사람으로 인해 기쁘고 즐겁고
행복하고 슬프고 아프고 힘든 것은 나와 친밀한 사람으로 인한
것이 거의 대부분이다. 또한 아주 친밀한 사람일수록 느끼는 감
정의 그 폭이 더 크다. 나와 가까운 사람일수록 더 많은 것을 기
대하고 더 많은 것을 바라기에 아픔과 실망이 더 큰 것이다.
　흔히 주위에서 "사람은 변하지 않는다"라거나 "사람은 바뀌지
않는다"라는 말을 자주 듣는다. 이 말은 무슨 뜻일까. 정말 그 말
이 맞는 것일까? 이와 같은 말은 나와 가까운 사람에게 그리고
내가 정말 좋아하는 사람에게 내가 생각하고 기대하는 모습으로
변하기를 원하지만, 아무리 이야기하고 사정을 하더라도 그 사람

의 모습이 항상 그 자리이기에 속상하고 마음 아파서 하는 이야기일 수 있다. 그 사람의 지금의 잘못된 모습이나, 그 사람의 단점, 고쳐야 할 점들이 어서 잘 개선이 되면 좋은데 사실 그것이 그리 쉽지 않기에 하는 말일 것이다.

하지만 생각해보아야 할 것은 그 사람이 마음에 들지 않는 것이 있다면 그 사람 또한 나의 모습에서 마음에 들지 않는 것이 당연히 있을 수 있다. 그 사람이 나에게 바뀌기를 바라는 것은 하나도 없을까? 그 사람이 원하는 대로 나 스스로는 내 모습을 바꾸어 왔을까? 아마 그렇지 않았을 것이다. 그러기에 타인은 변하지 않는다는 말을 하고 있는 것이다.

하지만 가만히 생각해보면 타인은 변하지 않는다는 말은 자신 또한 그에 못지않게 변하지 않고 있음을 의미한다. 사람은 바뀌지 않는다는 말 또한 자신이 그 정도로 잘 바뀌고 있지 않다는 뜻이다. 자아가 강할수록 자신은 스스로 변하지 않으려고 하고 오로지 타인이 자기가 원하는 대로 바뀌어지기를 바라고 있는 것인지도 모른다.

왜 우리는 타인의 잘못을 지적하고 타인이 자신의 기준에 맞지 않기에 자신의 생각대로 바꾸라고 주장하는 것일까. 세상이 자기 생각대로 움직여지기를 바라는 것일까. 그 사람이 그렇게 행동하고 말하고 하는 것이 마음에 들지 않는다면, 왜 그 사람만이 바뀌기를 바라는 것일까.

그 이유는 자신이 스스로를 바꾸고 싶지 않기 때문이다. 나는 나 자신을 바꾸고 변화시키는 것이 힘들고 싫고 귀찮으니까 그 사람한테 다 변하라고 하는 것이다.

만약 나 자신이 스스로 나를 바꾸고 변화한다면, 변하지 않은 타인이 다르게 보일 수밖에 없을 것이 분명하다. 이는 변하지 않았던 타인이 변한 것과 마찬가지이다. 타인은 그 스스로 자신을 바꾸지 않고 그대로인데 어떻게 그 사람이 전의 사람과 다르게 보일 수가 있는 것일까? 내가 바뀌었기 때문에 그렇다. 나 자신이 변하면 타인이 변하지 않더라도 다르게 보일 수밖에 없다.

나 자신은 스스로 변하려 노력하지도 않고 실제로 변하지도 않으면서 타인이 자신의 생각대로 변하기를 바란다면 이는 실현되지도 않을 헛된 꿈만 꾸는 것과 다를 바 없다.

타인이 변하지 않는다는 말, 사람은 바뀌지 않는다는 말은 자신이 너무나 완고하여 나 또한 변하지 않는다는 것을 스스로 증명하는 밖에는 되지 않는다. 나 자신을 변화시키면 타인은 내가 생각했던 사람과 전혀 다른 사람으로 나에게 다가올 수 있다. 내가 변하는 것이 우선이다. 나 자신을 버리고 현재 내가 바라는 그 사람을 버리는 것이 먼저다. 그러고 나면 타인은 변하지 않는다는 말, 사람은 바뀌지 않는다는 말은 나에게는 아무런 의미가 없는 말에 불과하게 될지도 모른다. 내가 변했기에 그는 이미 다른 사람으로 바뀌어 있기 때문이다.

# 19. 떠남

서슴없이 떠난다
나는 자유하기 때문이다

거리낌 없이 떠난다
잃을 것이 없기 때문이다

미련 없이 떠난다
모두 내려놓았기 때문이다

이유 없이 떠난다
할 것을 다했기 때문이다

아름답게 떠난다
더 아름다움을 찾기위함이다

이룰 수 있기에 떠난다
보다 나은 나를 위하여

플루타크 영웅전에 보면 피루스에 대한 이야기가 나온다. 피루스는 지금의 그리스 북서쪽, 알바니아의 남쪽에 위치한 에피로스라는 작은 나라의 왕이었다. 그는 태생적으로 굉장히 용맹하여 자신은 아킬레스와 알렉산더의 뒤를 이어 언젠가는 그들만큼의 대제국을 건설하겠다는 마음을 품고 있었다.

그는 자신의 친구인 시네아스에게 그리스와 로마를 정복하고 뒤를 이어 알렉산더처럼 아시아를 점령할 것이라는 이야기를 하자, 시네아스는 피루스에게 그러한 정복을 다 마치고 나면 무엇을 할 것이냐고 물어본다. 이에 피루스는 할 일을 다 했으니 푹 쉬겠다고 답한다. 그러자 시네아스는 그렇게 힘들고 어려운 일을 하고 나서 어차피 쉴 거라면 자신은 아예 지금부터 아무것도 하지 않고 집에서 계속 쉬는 것이 나을 것 같다고 말한다.

피루스는 시네아스의 말에 아랑곳없이 자신의 길을 떠난다. 그리고 바다를 건너 로마를 상대로 두 차례의 전쟁을 치른 후 승리를 얻는다. 로마제국을 상대로 승리를 얻기는 했지만, 그 또한 많은 것을 잃게 된다. 자신을 도와 전쟁의 승리를 이룰 수 있도록 도와준 수많은 부하와 병사들을 잃었고, 자신마저 커다란 부상을 입게 된다. 승리를 하기는 했지만 잃은 것도 너무나 막대해서 승리는 했지만 패배한 것 같은 그러한 느낌의 승리였다. 이후로 이러한 이겨도 이긴 것 같지 않은 승리를 "피루스의 승리"라고 하기도 하고 "승자의 저주(Winner's curse)라고 말하기도 한다. 상처뿐인 영광이라는 뜻이다. 전쟁에서 이긴 후 자신의 고향인 에피로스로 돌아온 피루스는 몇 년이 지난 후 사망하고 만다. 아시아까지 정복하겠다는 그의 꿈은 시작도 하지 못하고 끝나버리고 말았다.

에피로스는 사실 거대한 로마제국에 비하면 너무나 작고 힘도 약한 나라였다. 로마제국을 상대로 전쟁을 일으킬 그러한 나라가 아니었다. 피루스는 왜 자신의 고향을 떠나 거대한 제국인 로마를 상대로 전쟁을 일으킨 것일까? 그 전쟁에서 너무나 많은 것을 잃었는데 그냥 조용히 자신의 왕국을 다스리는 것이 낫지 않았을까? 어차피 전쟁에서 돌아와 집에서 쉬어야 할 것인데, 처음부터 시네아스가 말한 것처럼 전쟁을 일으키지 않고 집에서 계속 쉬는 것이 낫지 않았을까?

피루스가 옳은 것일까? 시네아스가 옳은 것일까? 만일 피루스가 로마와의 전쟁에서 한번 만에 승리를 거두고 많은 것을 잃지 않았다면 그의 꿈대로 아시아의 정복이 가능했을까? 아니면 두 번의 전쟁에서 로마제국에 패했다면 그의 운명은 어떻게 되었을까? 시네아스의 말대로 아무것도 하지 않고 있었다면 어떻게 되었을까? 역사적으로 볼 때 피루스가 사망하고 나서 그에 버금가는 용맹스러운 왕은 에피로스라는 나라에는 나오지 않았다. 결국 에피로스는 로마제국에 의해 멸망되어 로마의 속국이 되어 버린다. 그리고 현재는 그리스의 일부가 되어 버렸다. 에피로스의 역사에서 거대한 로마제국에게 승리를 거둔 것은 피루스가 유일했다.

시네아스처럼 아무것도 하지 않고 집에서 계속 쉬는 것이 어쩌면 더 좋은 선택일 수도 있다. 잃는 것이 없기 때문이다. 피루스는 많은 것을 잃었다. 피루스의 길이 옳은 길이라 말할 수도 없다. 하지만 잃는 것이 없다면 얻는 것도 없는 것이 아닐까 싶다.

하지만 우리가 생각해봐야 하는 것은 떠나지 않으면 만날 수 있는 것이 없다. 아무것도 하지 않는다면 무언가를 얻을 수 있기를 기대해서는 안 된다. 사람마다 생각이 다르고 판단이 다르겠지만, 지금 있는 곳을 떠나 길을 가다 보면 새로운 것을 만나게 되고, 그로 인해 잃는 것도 있고 내 자신의 한계도 알게 되며, 그러한 과정을 통해 현재의 나는 새로운 나를 만날 수 있는 기회를 얻게 될 수 있다. 우리의 삶에서 실패가 없기를 기대한다면 그것은 한낱 꿈에 불과할지도 모른다. 실패 없는 인생이란 존재하지 않는다. 영원한 승자는 있을 수 없다.

에디슨은 축전지를 발명했을 때 2만 5천 번 이상의 실험을 했다고 한다. 주위 사람들이 계속 실패하는 에디슨에게 이런 말을 하며 위로를 전했다.

"2만 5천 번의 실패를 했으니, 너무 많이 속상하겠어요."

하지만 에디슨은 이러한 사람들의 말에 다음과 같은 대답을 했다.

"저는 2만 5천 번의 실패를 한 것이 아니라, 축전지가 작동되지 않는 2만 5천 가지 방법을 알게 된 것이에요."

결국 에디슨은 축전기의 발명을 이루어냈고, 그 뒤를 이어 백열전구까지 만들어 냈다. 그뿐만 아니라 전기를 사용할 수 있는 수

많은 기구는 에디슨의 손을 통해 대부분 가능해졌다. 현재 우리가 사용하는 전기 기구의 대부분의 부품은 에디슨의 손을 거친 후에 개선된 것들이다. 전기 문명의 시대는 에디슨의 발명품이 없었다면 훨씬 나중에야 가능했을지도 모른다. 에디슨의 수많은 시도가 이러한 것을 만들어 낼 수 있게 된 가장 큰 요인이라는 것은 말할 필요가 없다. 똑같은 일을 보고서도 생각하는 것이 다른 사람이 이루어내는 기적이 여기에 있다. 에디슨은 초등학교 선생님으로부터 학교 교육이 불가능한 아이라는 말을 들었고, 결국 학교를 떠날 수밖에 없어서 초등교육을 제대로 받지도 못했던 사람이었다.

우리는 2만 5천 번의 실패를 해 본적이 있는가. 단 250번의 실패를 한 사람도 드물 것이다. 그런데 왜 실패를 그렇게 두려워하는 것일까.

떠남은 만남이다. 실패를 만날 수도 있고 패배를 만날 수도 있고 승리를 만날 수도 있다. 하지만 무엇보다 중요한 것은 떠남은 새로운 나와의 만남이다. 새로워진 나는 새로운 세상을 볼 수 있다. 아는 만큼 세상은 달라진다. 경험해 본 만큼 다른 세상이 보일 수밖에 없다.

우리 인간은 어차피 백 년도 못 살고 죽게 된다. 아무것도 하지 않고 편하게 집에서 잘 지내다가 죽어도 아무런 문제는 없다. 오히려 그것이 더 안락한 삶일지도 모른다. 하지만 나는 매일 떠나고 싶다. 지금 현재의 내가 미래의 나와 똑같지 않기를 바라기 때

문이다. 비록 내가 할 수 있는 것이 그리 많지는 않을지 모르나,
내 자신만을 위해서라도 나는 오늘 또 길을 나서려 한다. 떠난 후
걸어가는 그 길에서 새로운 나를 만날 수 있음을 잘 알기 때문
이다.

# 20. 있는 그대로

가진 것 없어도 손잡아 주었다
아는 것 없어도 알아주었다

나하고 달라도 받아주었다
잘못이 있어도 문제없었다

고개 돌리며 눈물 흘렸다
서로 바라보며 웃음 웃었다

같이 걸으니 축복이었다
같은 하늘을 보니 행복이었다

　인연은 이익 때문이 아니다. 가족이건 친척이건 친구이건 상대를 있는 그대로 받아주는 인연이 진정한 인연이다. 타인은 나를 위해 존재하는 것이 아니고 나 또한 타인을 위해 존재하는 것이 아니다. 타인이 자신을 위해 이익이 되면 친했다가 자신의 마음에 들지 않으면 멀어진다면 그 인연은 거기까지로 만족해야 한다. 진정으로 그 사람을 생각한다면 그가 가진 것이 하나도 없을지라도 그 존재만으로도 만족할 수 있는 것이 아닐까.

살아만 있어 줘도 고맙고 옆에 있어 주는 것만으로도 감사한 마음이 드는 사람이 지금 나에게는 있는가? 내가 아는 것이 없어도 무시하지 않고 비난하지 않으며 그냥 그러려니 하고 받아주는 사람이 있는가? 나하고 다른 점이 너무 많아 힘든 것이 있을지라도 그것을 당연하다고 받아주는 사람이 있는가?

내가 잘못을 했을지라도 그 잘못을 알려주고 고쳐주려 노력해주는 사람이 있는가? 아니면 잘못을 하거나 말거나 신경도 쓰지 않고 오직 잘못하는 것만 비난하고 비판하는 사람이 있는가? 진정으로 나를 생각하는 사람이라면 왜 그런 잘못을 했는지 그 이유가 무엇인지 곰곰이 생각해보면서 그 잘못이 반복되지 않도록 도와주는 사람이 진정한 나의 사람이다.

어려운 일도 겪고 즐거운 일도 경험하며 그러한 순간들이 추억으로 남아 있는 사람이 있는가. 같이 걸으며 같은 하늘을 바라보며 미소를 주고받는 사람이 있는가. 힘들 때일수록 더욱 힘이 되어 주려 노력하고 아픔이 있을수록 그 아픔을 함께 나누려 하는 사람이 진정한 인연의 사람이다.

만나면 헤어지고 헤어지면 만나는 것이 사람 사이의 관계일진대, 그 관계가 영원히 계속되는 것은 하나도 없다. 하지만 같이 있는 시간만이라도 있는 그대로 받아들이는 관계가 진정으로 건강한 관계이다. 같이 무엇을 한다는 것은 나의 만족만을 위함이 아니다. 그가 나를 위해 존재하는 것도 내가 그를 위해 존재하는 것도 아니다. 그는 그로서 나는 나로서 존재함을 인정하는 것이 현명하지 않을까 싶다.

# 21. 걱정할 필요 없네

해결할 수 있는 것도 있지만
해결할 수 없는 것도 있기 마련

해결할 수 있는 것은
해결되니 그것으로 족하고

해결할 수 없는 것은
내버려 두면 될 뿐

어차피 그것은
노력해도 해결될 수 없기에

무슨 문제가 나를 괴롭힐까
걱정할 이유가 하나 없네


 노력해서 되는 것도 있지만 아무리 노력해도 해결되지 않는 일
들도 많은 것 같다. 내가 할 수 있는 것보다는 할 수 없는 것이 더

많은 것 같고 진정으로 바라고 원하는 것들 중에 이루어지는 것도 있지만 이루어지지 않는 것도 많은 것이 사실이다. 물론 그것은 나의 능력이 부족하기 때문일 것이다. 하지만 나의 한계를 넘는 일들도 분명히 존재하는 것은 부정할 수 없는 사실이다.

내가 바라는 것이 이루어지면 좋겠지만 이루어지지 않는 경우 그것을 받아들이는 것도 또한 커다란 힘이 되는 것을 느낀다. 진정으로 원하는 것이 있어서 그것이 실현되면 좋겠지만, 나의 경우 그것들이 실현되지 않을 것들이 훨씬 더 많았던 것 같다. 좌절과 절망이 나를 힘들게 했던 것도 사실이다.

하지만 이제는 모두 다 받아들인다. 나의 한계를 너무나 잘 알기에 그렇다. 바라고 원하는 것이 이루어지지 않는다고 해서 이제는 실망같은 것은 하지 않는다. 다른 길을 찾아보고 그 길로 가는 것으로 만족한다. 내가 원하던 길이 아니고 내가 바라지 않았던 길이라고 해서 커다란 차이가 없다는 것을 잘 안다.

나의 삶에서 내가 원하는 모든 것은 어차피 이루어지지 않는다.

살아가다 보면 많은 문제들이 우리에게 다가온다. 갑자기 어느 순간 감당할 수 없을 만큼의 커다란 문제가 닥쳐온다. 나의 최선을 다해 그것이 해결이 되면 문제가 되지 않는다. 최선을 다했다 하더라도 그 문제가 해결이 되지 않을 수 있다. 하지만 그 문제는 어차피 해결되지 않을 문제였기에 그저 받아들이면 그 문제로 인해 내가 고통에 빠지거나 힘들어 할 필요가 없다. 어차피 해결되지 않을 문제였는데 미련이나 아쉬움을 가질 필요가 없기에 그렇다.

이제는 모든 것은 마음먹기에 달려있다는 말을 깊이 이해할 수 있다. 나에게 일어나는 일은 모두 나의 마음에 의할 뿐 아무런 문제가 될 수 없다는 것을 깨닫는다. 그로 인해 이제는 마음의 자유를 어느 정도는 느낄 수 있을 듯하다.

내가 바라고 원하는 것을 조금 더 내려놓고 이제는 마음 편안히 나의 길을 가는 것으로 족하다. 그 길이 어디로 이어져 있는지 어느 방향으로 가는 길인지는 나도 잘 모른다. 이제는 어느 길이어도 상관이 없다. 그 길을 가면서 그 길 위에 무엇이 놓여져 있더라도 그것들을 아름답게 바라볼 수 있는 나의 마음을 가지면 된다는 것을 조금이나마 이해할 수 있을 듯하다.

# 22. 상관 없다

무엇을 잃었어도 상관없다
다른 것을 얻을 수 있다

소중한 것을 잃어도 상관없다
원래는 내 것이 아니었다

내가 바꿀 수 없어도 상관없다
어차피 바뀌지 않는다

불행이 다가와도 상관없다
다른 행복도 오고 있다

돌아오지 않아도 상관없다
새로운 것도 오고 있다

소유하려기에 고통스러울 뿐

놓아버리면 상관없다.

　우리는 살아가면서 소중한 것을 잃어버리기도 한다. 하지만 그 것은 누구에게나 일어나기 마련이다. 자신이 가지고 있던 것 중 에서 소중한 것을 하나도 잃어버리지 않고 살아가는 사람은 없 다. 마음이 너무나 아픈 것은 사실이나 내가 할 수 있는 영역이 아닌 경우가 많다. 받아들이는 것 외엔 다른 도리가 없는 것이다. 삶은 원래 그렇다. 소중한 것을 잃고 우리는 슬퍼할 수밖에 없다. 하지만 살아가다 보면 또 다른 새로운 것이 다가온다. 그것이 나 에게 다른 기쁨을 준다. 삶은 기쁨만 주는 것은 아니다. 슬픔도 주는 것이 삶이다.

　삶의 과정에서 보면 우리는 무언가가 바뀌기를 바란다. 내 주위 에 있는 사람이, 내가 속해 있는 사회가 변화되기를 원하기도 한 다. 하지만 그러한 일들이 결코 쉽지는 않다. 욕심을 내려놓아야 한다. 세상은 나의 뜻대로 되지 않는 경우가 훨씬 많다. 내 주위 에 있는 사람에게 너무 많은 것을 기대하거나 바라지 말아야 한 다. 그냥 있는 그대로 받아들이면 족하다. 사회도 마찬가지이다. 쉽게 바뀌지 않는다. 시간이 지나면 더 좋은 방향으로 나아질 것 이라 믿고 기다리는 것이 더 현명하지 않을까 싶다.

　내가 지금 가지고 있는 것을 잃었다 해서 실망할 것도 없다. 원 래 나는 이 세상에 무언가를 가지고 온 것이 아니다. 또한 나는 이 세상을 언젠가는 떠나야 한다. 그 시기가 언제 될지도 모른다.

그때 내가 가지고 갈 수 있는 것은 아무것도 없다. 원래 온대로 아무것도 가지지 않은 채 떠나야만 한다.

나에게 불행이나 어려운 일이 다가와도 절망할 필요는 없다. 삶에는 다 굴곡이 있기 마련이다. 불행이 오면 행복이 올 시간도 가까운 것인지 모른다. 불행이 연속으로 온다면 행복도 연속으로 올 수 있다. 모든 것을 긍정적으로 바라보면 삶의 아픔도 그리 아프지 않다. 지금 가지고 있는 것으로 살아가기에 충분하다.

많은 것에 집착을 하고 욕심을 버리지 못해 더 많은 것을 소유하려고 한다. 그러한 과정에서 힘든 일들이 생길 수밖에 없다. 어떤 일이 나에게 오더라도 상관없이 나의 삶을 그저 꾸준히 살아가는 것으로 충분하지 않을까 싶다. 내가 가는 길에서 어떤 일이 생겨도 이제 상관하지 않고 그 길을 묵묵히 가고 싶을 뿐이다.

# 23. 내려놓음


좋아하는 마음도
싫어하는 마음도
이제는 내려놓을 때가 되었습니다

옳다 생각하는 마음도
틀리다 생각하는 마음도
다 부질없기에
이제는 내려놓을 때입니다

분별하는 마음도
선택하는 고민도
이제는 상관없다는 것을 알기에
내려놓아도 될 듯합니다

이제는 묵묵히 지켜만 봐도 충분하고
어디로 흘러가도 개의치 않으며
그 끝이 어디라 할지라도 두렵지 않으니

그냥 마음을 비운 채 모두 내려놓으렵니다

 내가 할 수 있는 것이 별로 없다는 것을 경험했을 때, 나의 능력
이 아무것도 아니라는 것을 깨달았을 때, 힘들었지만 삶이 무언
지를 어렴풋이나마 알게 되었던 것 같다.
 좋아하는 마음이나 싫어하는 감정도 사실 엄청난 것이 아니며,
옳다고 생각했던 것이나 옳지 않다고 판단했던 이성도 삶의 한
조각에 불과했다.
 무엇을 선택해도, 어떠한 일이 다가오더라도 별 상관이 없고 그
로 인해 나의 삶이 이제는 그리 큰 영향을 받지 않는다는 것을 알
기에 마음이 흔들리거나 힘들지는 않다.
 물이 어디로 흘러갈지, 그 물이 다 흘러가고 난 후 그 끝이 어디
가 될지 알 수 없듯이 우리의 삶은 어디로 가고 있는지, 시간이
지나 우리는 어디에 도달해 있을지 알 수 있는 방법은 없다. 그저
묵묵히 오늘 있는 자리에서 흘러가는 나의 일상을 보며 내일을
기대하며 묵묵히 살아갈 뿐이다.
 많은 것을 기대할 필요도 없고, 그렇다고 소망을 가지지 않을
필요도 없다. 보다 많은 것을 내려놓고 나를 돌아보며 오늘 할 일
을 하면 그것으로 족하다.

# 24. 오늘과 내일

오늘을 잘라내
내일을 여는 이유는

오늘의 아픔이
내일까지가 아니기를
바라기 때문입니다

오늘을 접어
내일을 여는 이유는

오늘의 슬픔이
더 이상 계속되기를
원하지 않아서입니다

내일을 기대하는 것은
오늘 그런 아픔과 슬픔이
영원히 끝나길 바라기 때문입니다

오늘 아픔과 힘든 일이 있을지라도 내일이 있다는 것은 많은 위로가 되는 것이 사실이다. 어려운 일이 영원히 계속되지는 않는다. 언젠가는 그것 또한 끝나는 날이 올 것이고, 그날 좋은 일이 많이 생길 것이라 믿고 싶다.

비록 내일 또 다른 슬픔과 고통이 다가오더라도 그다음의 내일도 있다. 그리고 그러한 힘든 일이 어서 끝날 수 있도록 나 또한 스스로 나름대로 최선을 다하고, 좋은 날이 앞당겨져 올 수 있도록 노력해야 하지 않을까 싶다.

돌이켜 보면 좋은 것이 있으면 나쁜 것도 있기 마련인 듯싶다. 항상 좋은 일만 있고, 계속해서 나쁜 일만 생기는 경우는 드물다. 우리가 살아가면서 좋고 기뻤던 일은 금방 잊어버리고, 힘들고 어려웠던 일은 고생이 많았기에 더 오래 기억하고 있는지도 모른다. 고개를 떨구었던 날도 있었지만, 가슴 시리도록 좋았던 날도 있었을 것이다.

슬프고 아픈 오늘이 영원히 끝나고 기쁘고 좋은 날만 계속되기를 바라는 것은 욕심일까? 아니면 그것은 그동안의 일이 너무 힘들어서 더 이상 그러한 어려움이 없기를 진정으로 바라는 속일 수 없는 마음이 있어서일까?

이제는 힘든 일이 그만 일어나기를 바라는 것은 겪을 만큼 많은 것을 겪어서일까? 하긴 이제 아무리 힘든 일이 다가와도 그러려니 하고 마는 것 같기도 하다. 삶은 그렇게 나를 훈련시켜 왔던 것 같다.

# 25. 우는 새

울어라 울어라 새여
서글프니 울어라 새여

누릴 만큼 누리고
머문 만큼 머물렀으나

미련이 너무 많아
회한이 너무 많아

이제는 떠나야 하리
이곳을 떠나야 하리

울어라 울어라 새여
서글프니 울어라 새여

　그 공간을 떠나고 싶다. 너무 아픔이 많은 공간이었기에. 하지
만 그곳을 떠나지 못하고 울고만 있는 이유는 무엇 때문일까?

그만큼 미련이 많았던 탓일까? 훌훌 털어 버리고 가버려도 그만인 것을. 어디든 자유롭게 날아갈 수 있는 두 날개가 있는데도 불구하고 그렇게 힘들었던 그곳에 앉아 아직도 서글퍼 울고 있는 이유를 자신도 알지 못하는 것은 아닐까?

회한은 왜 그리 많이 있는 것인지 알 수조차 없다. 할 수 있는 것은 다 했고, 나름대로 최선을 다했는데도 불구하고 돌이켜 생각해보면 후회되고 아쉬운 것만 있는 것일까?

삶이란 그렇다는 것을 잘 아는데도, 충분히 경험했고 겪을 것은 겪었기에 내려놓을 것은 내려놓을 수 있고 포기할 것을 포기했는데도 아직도 마음에 무언가가 걸려 있는 듯한 느낌은 도대체 무엇 때문인 것일까?

이제는 떠나야 할 시간이 다가오는데, 그 시간이 두렵지도 않고 아쉽지도 않은 데 아직도 그 자리에 앉아 푸른 하늘을 바라본 채 서글퍼 울고만 있는 그 새는 언제 날갯짓을 하려는 것일까?

별것 없다고, 아무것도 아니라는 것을 알고 있는데, 머릿속은 비어 있고 마음마저 홀가분한데 아직도 익숙한 그 나무에 앉아 그 서글픈 울음을 언제까지 계속하려는 걸까?

우는 것만이라도 실컷 울었으면 좋겠다. 더 이상 눈물이 나지 않을 정도로 마음껏 울기라도 하면 좋겠다. 울다 지쳐 더 이상 눈물이 나오지 않을 때까지 그렇게 실컷 울기라도 하면 좋겠다. 그렇게 다 울고 훌쩍 자유롭게 떠나려무나.

# 26. 우연과 필연

우연이지만 필연일지도 모릅니다
그렇게 만나기란 쉽지 않은 것이니

지나가다 만난 듯하지만
그 자리에 있었기에 가능합니다

그냥 흘러가는 시간 중 하나였지만
그 시간이었기에 가능했습니다

지나쳐 버릴 뻔했지만
다시 돌아왔습니다

그리고 그렇게 만났습니다
우연이 아니라 운명이었습니다

  우연은 필연이 되기 위함인지도 모른다. 스쳐 지나가는 것으로,
잠시 잠깐의 시간인 것으로 생각했던 것들이 운명이 되는 경우도

있다.

그 시간에 그 자리에 있었기에 만날 수 있었던 것이다. 무한대에 가까운 시간의 연장선에서 그 엄청나게 커다란 공간에서 그렇게 만난다는 것은 확률로 계산해서 제로에 가깝다. 그렇기에 소중하지 않을 수가 없다.

하지만 우리는 그냥 아무것도 아닌 것처럼 너무 쉽게 생각을 한다. 아니면 말고 하는 식으로 그냥 다 지나가 버리게 내버려 두기도 한다.

평생을 살면서 주위에 마음을 나누며 가까이 지낼 수 있는 사람은 몇 명 안 된다. 알고 지내는 정도의 사람들은 모두 각자의 이익에 부합하기에 그렇다. 어떤 조건이나 이익을 생각하지 않고 마음을 나누기에 적합한 사람은 분명 우연이 아닌 필연, 그것을 넘어서 운명일지도 모른다.

그러기에 있는 그대로 품어주고 받아들이는 편이 낫다. 나의 이익을 먼저 생각한다는 것은 그 소중한 필연을 우연으로 다시 돌리고자 함일 뿐이다.

# 27. 이원성

두 개로 나누는 순간
아픔과 고통은 동반될
수밖에 없습니다

내가 속해 있는
내가 좋아하는
내가 생각하는 근원과

내가 속해 있지 않은
내가 싫어하는
내 생각과 다른 근원이
존재하기 때문입니다

원래 두 개로 존재하는 것도 아니었거늘
두 개로 나눌 필요도 없었습니다

그렇게 두 개로 나누는 것  자체가

오류일 수 있습니다.

　우리는 평상시 살아가면서 아무 개념이나 관념 없이 무언가를 나누거나 분류한다. 예를 들어 너와 나, 너희와 우리, 우리 학교와 다른 학교, 우리 회사와 다른 회사, 우리 민족과 다른 민족, 우리나라와 다른 나라 이런 식으로 말이다.

　이러한 것을 가만히 살펴보면 그 근원을 대체로 두 개로 나눈다. 가장 대표적인 특징은 내가 포함되어 있는 것과 내가 포함되어 있지 않은 것이다. 즉 근본이 두 개 존재하는 데 이를 이원성이라고 한다.

　이원성(二元性, Duality)을 좀 더 엄밀히 정의한다면 사물을 이루는 두 개의 다른 근본 원리가 갖는 성질이라 할 수 있다. 여기서 다른 근본 원리를 우리의 실생활에 적용한다면, 그 근본 원리 중 하나는 내가 포함되어 있는 것이고 다른 하나는 내가 포함되어 있지 않은 것이다. 위에서 쉽게 예를 든 것과 마찬가지이다.

　여기서 주목해야 할 것은 이렇게 두 개로 나누는 이유는 무엇인가라는 점이다. 굳이 두 개로 나누어야 할 필요가 있는 것인지, 정말 두 개로 나누어야 맞는 것인지도 모른 채 우리는 아무 의식이나 생각 없이 분별하여 두 개로 나누어 버린다. 여기서 아픔과 고통이 당연히 동반될 수밖에 없다.

　그 이유는 간단하다. 내가 포함되어 있는 것과 내가 포함되어 있지 않은 경우 모든 일에서 행복이나 기쁨을 누릴 수 없기 때문이다. 왜냐하면 내가 포함되어 있는 것에서 어떠한 성취가 이루어진다면 나는 기쁠지 모르지만, 그 반대의 경우에는 나는 마음이 편하지 않을 수밖에 없다. 세상을 이렇게 둘로 나누어 버리면 나에게 일어나는 모든 일과 나의 주변에서 일어나는 모든 일 중 반은 나의 반대 측에 해당하는 것이므로 나는 그로 인해 고통과 아픔을 느낄 수밖에 없는 것이다. 내가 아무리 노력을 해도 세상의 반쪽은 나와는 정반대의 길을 갈 수밖에 없기 때문이다.

결국 가장 문제가 되는 것은 우리가 나누어야 할 이유도 없고 나누어야 할 목적도 모른 채 그저 관습과 인습에 매여 그것에 따르며 살아왔기에 그것으로부터 자유롭지 못할 수밖에 없다.

그렇다면 어떻게 해야 이런 것으로부터 자유를 얻을 수 있을 것인가? 그것은 분별하지 않으면 된다. 누가 옳은지 옳지 않은지, 그 정확한 기준도 없이 그저 나누어 놓았더니 그로 인해 생기는 문제와 고통이 우리 삶의 커다란 멍에가 되어 버리고 만 것이다. 문제는 그 멍에를 스스로 내려놓지도 못하고 평생 짊어지고 가야하는 운명에 있다. 그 운명에 맞서 우리는 이제 그 멍에를 진정으로 내려놓지는 못할지라도 깊이 있게 생각하여 현명한 선택이라도 할 수 있는 자세를 갖추어야 한다. 나와 너라는 세계를 조금씩이라도 허물기 시작하면 그만큼 우리는 삶의 자유로움을 더 얻을 수 있을지 모른다.

"형이상학적 철학은 하나가 다른 하나로부터 발원한다는 사실을 부정함으로써 그리고 더 높은 가치가 부여된 사물을 위해서는 사물 자체의 핵과 본질에 그것의 기적적인 근원을 상정함으로써 이 난점을 극복해왔다. 반면, 모든 철학적 방법들 중에서 가장 젊고, 더는 자연과학과 분리될 수 없는 역사철학은 개별적인 사례들을 관찰함으로써 어떠한 대립도 존재하지 않는다는 점과 이러한 반정립은 추론의 오류 때문에 발생했다는 점을 발견했다. 모든 선한 동기들은 아무리 고상한 이름을 갖다 붙인다 해도 사실은 독이 들어 있다고 생각되는 동기들과 한 뿌리에서 자란 것이다. 선한 행위와 악한 행위는 전혀 다른 행위가 아니다. 그 둘 사이에는 기껏해야 정도의 차이만 있을 뿐이다. 선한 행위는 승화된 악한 행위다. (인간적인 너무나 인간적인, 니체)"

문제의 핵심은 우리의 평상시 느끼는 고통과 불행의 원인은 바로 이렇게 우리의 생각이 단순하게 그 기준이나 이유도 없이 두 개로 나눈 것에서 비롯된다. 그렇다면 그러한 문제는 어떻게 해결하면 될까? 답은 간단하다. 분별하지 않으면 된다. 물론 처음부터 모든 것을 분별하지 않는 것은 무척이나 힘들다. 하지만 시간이 지나가면서 그러한 분별에 진정으로 아무런 의미가 없다고 깨닫는 순간 우리는 많은 것으로부터 자유를 얻게 될지 모른다.

오늘 나는 다른 어떤 사람에 대해 그는 "나쁜 사람", 또 다른 어떤 사람에게 그는 "착한 사람"이라고 생각하고 말하고 그런 적은 없었을까? 만약 그랬다면 나는 아직도 분별, 즉 이원성의 오류에서 전혀 벗어나지 못한 채 그 아무짝에도 쓸모없는 헛된 개념의 노예로 살았던 것에 불과하다.

세상에는 나쁜 사람과 착한 사람은 존재하지 않는다. 누군가를 나쁜 사람이라고 규정해 버리는 순간 그는 나에게는 그 후로 계속해서 나쁜 사람으로 남는 것이고, 누군가를 착한 사람이라고 규정해 버리면 그는 나에게 착한 사람으로 남게 된다. 하지만 시간이 지나 내가 믿었던 착한 사람으로부터 나는 배신을 당할 수도 있고 뒤통수를 맞을 수도 있다. 아니면 내가 생각했던 나쁜 사람으로부터 내가 정말 힘들었을 때 진정한 도움을 받을 수도 있다. 이 모든 것은 이원성의 오류에서 기원한다. 다른 사람이 하듯 쉽게 나도 이러한 이원성의 오류를 검토조차 하지 않고 그에 따라 살아갈 때 그 책임은 오로지 내가 짊어져야 할 뿐이다. 세상은 두 개로 나누어 존재하지 않는다. 사람도 두 분류의 사람으로 나누어 존재하지 않는다. 세상은 세상일 뿐이며 사람은 그저 존재하고 있는 것일 뿐이다. 진정한 내면의 자유는 내가 가지고 있는 많은 오류를 찾아내어 하나씩 없애가는 것에서 시작해야 한다.

# 28. 따뜻한 사람

세상은 춥고 어두운데
밝고 따스한 사람은 드뭅니다

세상은 이기려 하고 배척하는데
져주고 받아주는 사람은 드뭅니다

세상은 취하고 얻으려 하는데
나누고 베푸는 사람은 드뭅니다

세상은 욕하고 비난하는데
칭찬하고 용서하는 사람은 드뭅니다

세상은 그렇게 흘러가고
좋은 사람은 점점 사라져 갑니다.

　따뜻한 사람이 많았으면 좋겠다. 따뜻한 사람이란 많이 포용해
주는 사람이다. 상대방이 자신하고 다르더라도 그러려니 하고 받

아들여 주는 사람이다. 세상에 똑같은 사람은 없다. 자신이 가장 사랑하는 사람도 자신과 다르다. 처음에 누군가를 좋아하면 그의 많은 것을 받아들여 준다. 하지만 사람의 감정은 그리 오래 지속되지 않기에 시간이 지나 좋은 감정이 식으면 그 사람의 많은 것에 대해 받아들이지 않고 밀어내며 배척한다. 똑같은 사람이었건만 마음이 바뀌었기 때문이다. 다른 사람의 생각이 어떻든, 성격이 어떻든, 그냥 있는 그대로 그를 받아줄 수 있는 사람이 따뜻한 사람이다. 자신의 기준에 맞춘다면 그 누구도 그 기준에 합당한 사람을 찾기는 결코 쉽지 않다. 자신의 마음에 들지 않는다면 상대방도 또한 마찬가지라는 것을 기억해야 한다. 사람의 관계는 지극히 상대적일 수밖에 없다.

 따뜻한 사람은 자신의 주장이 강하지 않은 사람이다. 자신의 생각을 관철하거나 자신의 주장을 남에게 강요하는 사람은 마음이 따뜻한 사람이 아니다. 사람의 외모가 다르듯이 생각하고 판단하는 것은 당연히 다를 수밖에 없다. 세상을 보는 눈도 다르고, 세상에 대해 알고 있는 지식도 다르다. 상대방은 그 사람만의 개성이 있다. 그가 자신의 지식으로 세상을 이야기하는 것은 지극히 당연할 수밖에 없다. 상대의 그러한 행동이나 언어가 자신과 다르다고 해서 그를 비난하고 욕한다는 것은 자신 또한 다른 이로부터 비난받고 욕 얻어먹을 충분한 조건이 있다는 것을 전혀 이해하지 못하는 것이다. 상대방이 이야기하는 것이 자신과 다르다면 그동안 다른 길을 걸어왔고, 알고 있는 지식도 다르고 거기에 근거해서 세상을 보는 눈과 판단하는 것이 다를 수밖에 없음을 인정하고 상대방을 있는 그대로 존중해줄 수 있는 사람이 마음이 따뜻한 사람이다.

 따뜻한 사람은 자신이 가지고 있는 것을 나누어 주려는 사람이다. 이익에 연연해하지 않고 인간 그 자체를 좋아하는 사람이 따뜻한 사람이다. 조그마한 이익을 위해 다른 사람을 수단화하거나 속이고 심지어 곤란한 지경에 처하게 하는 사람은 결코 마음이 따뜻한 사람이 아니다. 이익이란 그다지 차이가 없는데도 불구하고 하나라도 손해를 안 보려 노력하는 사람은 사람을 잃을 수밖에 없을 것이다.

  자신의 이익에 집착하는 사람, 자신이 주장이 옳다고 해서 자신과 다른 생각을 하는 이를 비난하는 사람, 조그만 자존심으로 인해 절대 양보하지 않고 고집만 피우는 사람은 추운 겨울을 더욱 춥게 지내야 할 수밖에 없다.

 세상이 변하면서 따뜻한 사람들도 줄어드는 것 같다. 하지만 그래도 곳곳에 마음이 따스한 사람들이 아직은 남아 있을 것이다. 이제는 그런 마음이 따뜻한 사람들과 남아 있는 시간을 보내고 싶다.

# 29. 겨울 산사에서

겨울의 한 복판

황량한 산길을 걸으며
옷깃을 여미었습니다

나 홀로 찾은 산사에는
고즈넉한 정적이 흐르고

이울어가는 햇빛에
저녁노을이 아득합니다

바람에 흔들리는 나뭇가지와
아스라이 들리는 풍경소리

부지런히 집을 찾은 새소리에
고요한 평안이 찾아옵니다

춥지만 춥지 않기를 바라며
힘들지만 힘들지 않기를 바라는 것은
나의 욕심인 것인지

이 깊은 산사에서
그 모든 허망한 것을
내려놓으렵니다.

　세상에서 살다 보면 세상에 젖어 들어 살기 마련이다. 물에 들어가면 원하지 않아도 나의 몸이 물에 젖는 것처럼 세상에 속해 있다 보면 나의 삶을 위한 시간이 내가 원하지 않는 일들로 채워지곤 한다. 세상은 무섭다. 정신 모르게 살아가다 보면 진정한 나를 잃어버린 채 살아가고 있는 내 모습에 깜짝깜짝 놀라곤 한다. 내가 나이어야 하거늘 나는 어디로 가버리고 내가 아닌 누군가가 나의 주인인 것처럼 살아가고 있기 때문이다.

　오늘이란 시간은 나의 삶을 위해 주어져 있다. 나는 무엇을 위하여 오늘을 살아가고 있는 것일까? 오늘이라는 아름다운 시간을 나는 어떻게 보내고 있는 것일까?

　삶은 결코 만만하지 않다. 잃어버린 시간은 돌이킬 수 없다. 시간은 무조건 앞으로만 갈 뿐 되돌아오지 않는다. 어떻게 시간을 보내건 나에게 주어진 시간은 나에 의해 채워지기 마련이다. 내가 보낸 헛된 시간이, 내가 나의 주인이 아닌 것처럼 소모했던 의미 없는 시간이, 이제는 저 먼 과거의 한 페이지가 되어 나를 부끄럽게 만들고 있다.

나는 왜 나를 잃었던 것일까? 무엇을 위해 사느라 가장 중요한 나를 소외시킨 채 그 많은 시간을 채워왔던 것일까? 나에게 한번밖에 주어지지 않는 시간이라는 연장선에서 나는 어디쯤 서 있는 것일까? 그 연장선이 끝나는 지점에서 나는 어떤 생각을 하며 그 시간을 마무리할까?

물속에 있으면 물이 마르지 않는 것처럼 나의 젖은 몸을 말리기 위해서 나는 물 밖으로 나와야 했다. 잃어버린 나를 찾기 위해 나는 시간이라는 그 연장선에서 잠시 떨어져 나와야 했다. 나를 돌아보기 위해 그리고 진정한 나의 삶의 주인을 찾기 위해 그것이 나에게 주어진 아름다운 시간을 더 잃지 않을 수 있는 하나의 방법이었다.

앞으로 남은 시간이 나에게 얼마나 될지 알 수는 없지만 더 이상 그 소중한 시간을 잃어버리고 싶지 않았다. 진정한 나를 찾아야만, 내가 누구인지를 확실히 알아야만, 나에게 주어진 그 시간을 더 이상 잃어버리지 않을 것만 같았다.

조용히 나를 돌아볼 수 있는 시간과 공간에서 헛되이 흘려 버릴 수 있는 시간을 없애기 위해 나는 그렇게 산사를 찾는다. 깜깜한 밤 조용히 눈을 감고 가끔씩 들려오는 풍경소리에 귀를 기울인 채 나를 찾는 시간 여행을 떠난다. 밤하늘에 빛나는 별들과 수천 년을 이어 내려온 거대한 자연 속에서 홀로 서 있는 나의 모습을 객관적으로 바라보며 앞으로 주어진 남은 시간을 위해 잃어버린 나를 찾는다.

　이제는 그 시간이 더 이상 아무런 의미가 없지 않도록 하기 위해 세상을 잠시 떠나 나를 되돌아본다. 비록 세상에 돌아오면 또 다시 나를 잃어버리게 된다는 것을 알면서도 나는 그렇게 여기 이곳을 떠나 거기 그곳에서 나의 참다운 모습을 되돌리려 한다. 나에게 주어진 한 번밖에 없는 삶을 위해, 그 아름다운 시간을 위해 그리고 진정한 나를 찾기 위한 것이 내가 산사를 찾는 이유이다.

# 30. 삶은 아름다우니

그대 무엇을 바라는가

삶은 어떤 모습이건
사랑할 수 있으니

바라는 것 원하는 것
이루지 못해도
삶은 아름다울 수 있으니

나의 뜻대로 되지 않는다 해도
원하지 않는 일이 일어난다 해도
삶의 아름다움은 변하지 않으니

삶에 대해 환한 미소로
그대 마음 편히 오늘을 살면 되리니

 우리의 삶이 원하는 대로 바라는 대로 모두 이루어진다면 얼마나 좋을까? 하지만 그러한 일은 결코 일어날 수가 없다. 우리가 바라고 희망하는 것의 일부는 이루어질 수 있지만, 그보다 더 많은 것들이 이루어지지 않는다. 마음이 아프지만 그것이 어쩔 수 없는 현실이다.

삶은 우리에게 여러 가지 모습으로 다가온다. 중요한 것은 그 어떠한 모습이라도 우리 스스로 받아들일 필요가 있다. 내가 진정으로 원하지 않는 일이 나에게 일어나도 나의 능력 밖의 일이라면 저항할 필요가 없다. 삶의 본질이 그럴 뿐이다.

내가 가지고 있지 않은 것을 바라는 것보다 현재 내가 가지고 있는 것을 돌아보는 것이 더 현명하지 않을까? 이루지 못한 것에 미련을 갖기보다 그동안 조금이라도 이루어 놓은 것에 만족할 수는 없는 것일까?

지나온 것들을 후회할 필요가 없다. 나름대로 최선을 다했기 때문이다. 돌이킬 수 없는 것에 연연해할 필요도 없다. 내가 할 수 있는 것은 다했기 때문이다. 아직 다가오지 않은 것에 두려워할 필요도 없다. 내가 할 수 있는 것을 하면 그것으로 충분하다.

단지 중요한 것은 나의 삶을 아름답게 바라보고 싶다. 어떤 상황이건 나를 위해 그것이 최선이 아닐까 싶다. 내 자신의 삶에 대해 환한 미소를 보여주자. 마음 편하게 나 자신을 위로하며 나를 아껴주며 아름다운 삶이 아직은 남아 있음에 감사하자.

# 31. 음지가 양지 되어

너무 오랜 세월
빛을 보기도 힘들어

춥고 축축하고
찾는 이 없어

희망만 바라고
미래만 바랐던 시절

이제 그 시절은 끝나고
따뜻한 햇살이 비추니

조금만 더 기다리라
이제 곧 양지리니

 그동안 나는 음지에서 오래도록 살아왔던 것 같다. 내가 친구들 앞에 나타난 것도 얼마 되지 않는다. 그동안 나는 사람들을 거의 만나지도 않았고 누구와 함께 무언가를 같이 한 것도 별로 없었던 것 같다. 친구들이 그립고 만나고 싶었는데도 혼자서 외로이 햇살만 바라며 고개를 숙이며 살아왔다.

모든 사람에게는 어느 정도의 음지가 있는 게 아닐까 싶다. 나에게는 유난히 커다란 음지가 있다. 아직 그 누구에게도 말하지 못하는 나의 인생 전체를 둘러싼 음지, 부모님과 가족도 모르는 그런 암울했던 음지가 나에겐 있다. 앞으로도 그 누구에게도 이야기하지는 못할 것 같다. 내가 더 나이가 들어 이 세상을 떠나게 되는 날까지도 아마 그것은 비밀로 남아 있게 될 것이다.

그 음지를 생각할 때마다 나도 모르게 그냥 눈물이 나곤 한다. 그 눈물을 알아주는 사람도 없었고, 닦아주는 사람도 없었다. 그 음지가 양지가 되기를 얼마나 바라고 원했는지 모른다.

살아가다 보면 여러 가지 크기의 인생의 음지가 우리에게는 있는 것 같다. 음지에 있을 때는 춥고 외롭지만, 시간이 지나면 언젠가는 양지가 될 거라고 믿기는 한다. 하지만 아직도 음지가 있는 나의 삶의 한 조각을 바라볼 때마다 나는 너무 우울하고 슬픈 것을 인정하지 않을 수가 없다.

주위의 가까운 친구들과 많은 이야기를 나눌 때 나의 그 커다란 음지를 보여주고 싶은 생각이 들기는 한다. 이야기라도 하면 조금은 따뜻해질 것 같다는 생각이 들기 때문이다. 그렇게 할 수 있다면 나는 조금은 위로받고 편하게 될지도 모른다. 하지만 아마 그렇게 되지는 않을 것 같다.

주위의 사람들이 현재의 나의 모습을 보면서 나에게는 아픔이나 상처가 하나도 없었을 것 같다는 말을 많이 하곤 한다. 정말 그럴까? 가까운 가족이나 친한 친구들에게도 보여주지 못하는 상처의 크기가 어느 정도인지 사람들은 잘 모를 것이다.

나는 가끔씩 주위 사람들에게 버린다는 이야기를 하곤 한다. 내가 무언가를 버릴 수 있는 것은 바로 내가 가지고 있는 그 커다란 음지 때문이다. 내가 버릴 수 있는 것은 버림을 받아봤기에 가능한 것 같다. 그것도 조그만 버림이 아닌 완전한 버림.

나는 친구들이 무언가를 버리지 못하겠다는 말을 들었을 때 한편으로는 다행이라고 생각했고, 다른 한편으로는 부럽다는 생각이 들었다. 왜냐하면 그들이 가지고 있는 음지는 그렇게 크지 않고, 아직 완전한 버림을 받지는 않았다는 것을 알았기 때문이다.

나는 가끔 내 마음의 창에 드리워져 있는 커튼을 의식적으로 걷어내곤 한다. 조그만 햇살이라도 더 받아서 내 마음의 음지를 줄이려고 노력을 하는 것이다. 그 노력이 부질없다는 것을 알기도 하지만, 아무것도 하지 않는 것보다는 나을 것 같다는 생각이 들기 때문이다.

# 32. 노을

남쪽 끝 바닷가
수평선 너머로
눈 부셨던 태양이
사라지고 있습니다

이젠 아픔도
허전함도
외로움도

저 노을에
묻힐 때가 되었습니다

상처도 사라지고
미움도 사라지고
고통도 저 태양과 더불어
수평선 아래로 저물겠지요

일어나 걸었습니다
노을과 더불어
옛것은 다 흔적을 감추었습니다

그리고
발걸음을 내디뎠습니다
새롭게 내디뎠습니다

그렇게 노을이 사라진 곳엔
찬란한 별빛이 반짝이고 있습니다


　제주 애월에서 저녁을 먹고 바닷가를 천천히 산책했다. 해가 뉘
엿뉘엿 지는 모습이 너무 아름다워서 한참이나 노을을 바라보았
다. 핸드폰으로 사진을 찍었는데 직접 눈으로 보는 것하고는 많
이 다르게 나와 조금 아쉬운 마음이 들었다.
　노을을 보니 많은 생각이 드는 것은 무슨 이유일까? 한낮의 뜨
거웠던 태양이 수평선 너머로 사라지는 것을 보니 조금은 아쉽기
도 하지만 한편으로는 부럽기도 했다.
　태양이 자신이 가지고 있는 모든 것을 가지고 바닷속으로 사라
지듯 우리가 가지고 있는 많은 좋지 않은 것도 한순간에 모두 사
라져 버리면 얼마나 좋을까? 살아오면서 받았던 아픔과 상처, 홀

로 되었을 때 느끼는 외로움, 누군가를 싫어했던 미움, 참을 수 없는 분노, 부당한 대우로 인한 서러움, 견딜 수 없었던 고통, 이러한 것들이 저 태양이 노을을 남기고 사라져 버리듯 그렇게 한꺼번에 다 없어져 버리면 얼마나 좋을까 하는 생각이 들었다.

태양은 저렇게 사라지면서 아름다운 노을이라도 남기는 데 왜 우리는 그렇지 못하는 걸까? 우리는 살아가면서 겪은 좋지 않은 일들이 그리 쉽게 사라지지도 않고 사라진다고 해서 남겨지는 것은 치유받지 못하는 그러한 곪아버린 상처인지도 모른다. 그 상처는 영원히 삶의 흔적으로 남아 수시로 우리를 괴롭히기도 하고, 우리의 앞날을 방해하기도 하는 것 같다. 우리 삶에는 저 태양처럼 사라지고 나서 아름다운 노을이 되는 것은 그리 많지 않은 것 같다는 생각이 든다.

시간이 지나면 해결이 되긴 하는 걸까? 노을이 사라져 깜깜한 밤이 되면 저 높은 하늘에 별이 나와 빛나듯 그렇게 우리의 아픔과 고통도 언젠가 빛나는 은하수 속의 별이라도 될 수 있는 것일까? 그렇다면 정말 얼마나 좋을까? 이루어지지는 않겠지만 그런 희망이라도 가지고 살아가야 하는 걸까?

지는 해를 한참이나 바라보다 보니 어느새 노을도 다 사라져 버렸다. 이제 주위는 어두컴컴해져서 더 이상 아무것도 볼 수 없을 때까지 한참이나 바닷가에 앉아 있었다. 아직 별이 나오지는 않을 것 같아서 그 자리에서 일어나 천천히 바닷가를 걸었다. 어두워져서 그런지 갑자기 추위가 몰려오길래 할 수 없이 차로 돌아왔다. 한참이나 머물렀던 그 자리를 떠나 다시 해안 도로를 타고 달렸다.

　우리가 가지고 있는 아픔과 상처도 저 바닷가의 노을처럼 언젠가 아름다운 추억으로 되면 얼마나 좋을까? 시간이 지나 그것이 가능할지는 모르지만 그래도 그러한 희망이라도 품어보도록 하자. 어두운 밤에도 별이 빛나듯이, 아무리 어려운 우리의 삶의 시간에도 어딘가에서는 별이 오롯이 빛나고 있을 거라고 믿고 싶다.

## 33. 나의 무지개

아침부터 하루종일
비가 내렸습니다

오후 늦게 나타난
일곱 색깔 무지개

무지개는 비가 오고서야
뜨나 봅니다

힘들고 어려운 일이
계속됩니다

언젠가 이것이
다 지나가고

내 마음에도
무지개가 뜰 것입니다.

일곱 빛깔 무지개를 보게 되면 많은 것을 잊게 된다. 무지개는 왜 저리 아름다운 것일까? 신비하기도 하고 다른 나라 세상에 온 것 같은 착각도 든다.

무지개는 아무 때나 뜨는 것은 아니다. 비가 오고 나서야 비로소 우리는 무지개를 볼 수 있다. 비가 오지 않는다면 우리는 아름다운 무지개를 볼 수 있는 기회가 없다.

자연의 날씨에 맑은 날도 있고 비가 오는 날도 있는 것처럼 우리의 인생에도 여러 종류의 날들이 있기 마련이다. 우리에게 있어서 삶은 그러한 것을 모두 경험하라고 주어지는 것이 아닐까? 이 지구상에는 그 누구도 좋은 일만 겪으며 살아가는 사람은 없다. 마찬가지로 좋지 않은 일만 마주하며 살아가는 사람도 없다. 누구에게나 오르막이 있으면 내리막이 있을 수밖에 없다.

맑은 날이 있으면 비가 오는 날도 있고 비가 오고 나서는 맑은 날에는 볼 수 없는 무지개가 뜨기 마련이다. 날씨가 좋다고 너무 좋아할 필요도 없고 구름이 끼고 비가 내린다고 해도 우울해할 필요도 없다. 우리 삶에는 그렇게 모든 것이 우리에게 주어질 수밖에 없으니 비가 왔다면 그친 후 고개를 들고 하늘에 떠 있는 나의 무지개를 보면 되지 않을까?

저 하늘에 아름다운 무지개가 걸려 있듯 언젠가는 나의 마음에도 나의 찬란한 무지개가 뜰테니까.

# 34. 마지막 비행

마지막 비행일지도 모릅니다

그 많은 세월이
언제 이리 지나간 걸까요

주위가 어두워진 저녁
그렇게 비행기에 올랐습니다

깜깜한 주위에 공항 터미널은
환히 불이 밝혀져 있고

우리를 태운 비행기는
힘차게 하늘을 향해 날아올랐습니다

한 시간도 안 되는 시간이었지만
밤하늘의 별과
땅 위의 불 빛을 바라보며

유유히 비행을 하였습니다

하늘 높이 날던 비행기는
서서히 고도를 낮추어
환하게 불 밝혀진 활주로에
무사히 착륙하였습니다

비행기 트랩을 내려와
타고 온 비행기를 다시 바라봅니다

기회가 된다면
나의 모든 것을 주신 당신과 함께
다시 한번 비행하기를 바랄 뿐입니다.


　어머니의 항암치료를 중단하고 나서 두 달 남짓 어머니의 체력
회복을 위해 최선을 다했다. 억지로라도 식사하시고 일주일에 두
번씩 링거를 맞고 하면서 노력한 결과 다행히도 많이 회복되셨
다. 체중도 수술 전으로 돌아왔고, 어느 정도 정상적인 생활이 가
능해졌다. 병원에 가서 CT를 찍어보니 다행히 결과도 잘 나왔다.
일요일에 교회도 가지 못한 채 집에서 온라인으로 예배를 드렸는
데 이제는 직접 교회에 가서서 예배를 드릴 수 있을 만큼 회복이

135

되셨다. 지난 6개월 넘게 수술과 회복의 과정이 그리 쉽지는 않았지만 그래도 많은 고비는 다 넘긴 것 같았다. 이제 차를 타고 다녀도 아무런 문제가 없을 만큼 회복이 되어서 근교에 나가 외식도 하고 드라이브도 할 수 있게 되었다.

여행도 가능할 정도가 되어 바람도 쐴 겸 부모님을 모시고 제주에 다녀올 계획을 세웠다. 그동안 아버지도 집 밖에 거의 나가실 기회가 없어서 많이 답답하셨을 것이라는 생각이 들었다.

부모님과 비행기를 같이 타고 여행한 적은 한두 번 정도밖에 없었던 것 같다. 두 분 모두 어느 정도 회복이 되셨지만, 언제 또 건강이 나빠질지 알 수가 없다. 기력도 더 떨어지시면 비행기를 타기 힘들 것 같다는 생각이 들었다. 건강이 더 나빠지시기 전에 부모님을 모시고 비행기라도 태워 드리고 싶었다. 어쩌면 부모님과 함께 비행기를 타고 여행할 기회가 오지 못할 수도 있을 것 같다는 생각이 들어 과감하게 결정을 했다.

제주도까지는 청주 공항에서 40~50분 정도밖에 걸리지 않는다. 어차피 지금은 코로나로 외국을 가기도 힘들다. 코로나가 없었다면 가까운 일본이나, 홍콩, 싱가포르라도 갈 텐데 외국 가는 것이 너무 힘들어 그냥 제주도로 일정을 잡았다.

마침 제주도 여행 가는 사람도 코로나로 그리 많지 않아 비행기 가격도 상당히 저렴했다. 비행기 예약을 하고 좌석을 타고 내리기 편한 제일 앞자리로 잡았다. 오랜만에 나들이를 가느라 그런지 부모님도 여행 전날부터 마음이 들뜬 것 같았다.

비행기 안에서 앞에 앉아계신 부모님을 보며 나는 왜 젊었을 때 부모님께 더 신경을 써드리지 못했을까 하는 생각에 마음이 무거웠다. 보다 더 건강하셨을 때 모시고 다니며 여행을 시켜 드릴 걸 하는 마음에 후회가 됐다.

이번이 부모님과 함께하는 마지막 비행기 여행이 아니길 기원했다. 유채꽃이 피는 봄이 오면 또 한 번 비행기를 타고 제주도에 갈 수 있을 것이라 믿는다. 이제 너무 바쁘게 살지 않으려 한다. 여유 있게 내 주위에 있는 사람들을 돌아보며 그렇게 살아가고 싶다.

# 35. 여기에 있음

없음의 세계에서 왔습니다
없음의 세계로 가야 합니다

나의 있음은 없음을 위함도
없음으로 향함도 아닙니다

나의 바람은 있음을 위함이며
나의 일상도 있음을 위함입니다

나의 있음은 나됨을 위함이며
더 나은 나됨을 향하려 합니다

나의 처음은 의미 없는 없음일진 모르나
나의 나중은 의미 있는 없음입니다

그러기에 내가 지금 여기에 있습니다.

나는 이 세상에 존재하지 않았다. 어느 날 갑자기 없음의 세계에서 이 세계로 던져졌다. 그것은 우연이었을까? 언제가 될지는 모르지만 나는 다시 없음의 세계로 돌아가야 한다. 나는 안다. 그것은 필연이라는 것을. 내가 원하지 않아도, 무섭고 두려워도 이 땅에서 잠시 머물렀으니 조만간 다시 나의 고향이었던 없음의 세상으로 가야만 한다.

　작년 여름부터 내가 전혀 생각지도 못했던 일들이 일어났다. 아버지께서 몸이 좋지 않으신 것 같아서 병원에 모시고 갔다. 전립선암이었다. 수술을 하고 항암제를 드셨다. 조금 괜찮아지는 것 같았는데, 아버지는 다시 뇌출혈로 쓰러지셨다. 몸에 마비가 왔고 물도 삼키지를 못하셨다. 수술을 할 수조차 없었다. 하지만 기적적으로 고비를 넘겼다. 어머니 건강 검진 결과가 의심스러워 병원에 가서 정밀 검사를 받았다. 대장암이었다. 간신히 수술을 했고 항암치료를 시작했으나 부작용으로 어머니는 다시 쓰러지셨다. 항암치료를 포기할 수밖에 없었다.

　1년여 동안 내가 할 수 있는 것은 아무것도 없었다. 고작 두 분을 모시고 운전해서 병원에 가는 것이 전부였다. 도서관에 가서 책을 뒤져서 읽기 시작했다. 암에 대한 것들, 암 환자의 건강관리에 관한 책들을 읽어 나가기 시작했다. 내가 할 수 있는 것이 조금이라도 있기를 바랐다. 텔레비전이나 인터넷에 있는 정보도 미친 듯이 찾았다. 하지만 어느 날 그러한 노력이 아무런 의미가 없다는 것을 알게 되었다. 내가 집도를 해서 수술을 할 수 있는 것도 아니고, 내가 처방을 내려 좋은 약을 드시게 할 수조차 없었다. 책이나 인터넷에서 얻은 정보로 무엇을 할 수 있는 그런 차원이 아니었다. 나의 무능력에 절망스러웠고, 내가 얼마나 미약한 존재인지 절실히 깨달았다.

그래서 모든 것을 내려놓았다. 그리고 그냥 다 하늘에 맡겨 버렸다. 내가 할 수 있는 것은 그것밖에 없었다. 아무것도 할 수 없음이 내가 할 수 있는 것의 전부였다.

나의 생각과 판단을 버렸고, 나의 고집과 아집도 버렸다. 그냥 편안히 두 분이 식사를 하시고 산책을 하시고 대화를 하실 수 있는 것에 만족했다. 그나마 기적적으로 그것은 가능해졌다.

이제는 모든 것을 받아들인다. 받아들이는 것 외엔 더 이상 선택은 없다는 것을 잘 안다. 다만 이 세상에서 두 분과 함께 할 수 있는 시간이 조금 더 남아 있기만을 소망할 뿐이다.

나는 이제 죽음이라는 것으로부터 자유롭다. 나도 언젠가는 그 길을 가겠지만 이제는 무섭거나 두렵지 않다. 나의 고향이 원래 이 지구라는 있음의 세계가 아니기에 그렇다. 없음의 세계가 어떤 곳인지 모르나 그곳으로 가야 하는 것은 운명일 수밖에 없고, 내가 원하지 않아도 그 운명이 언젠가는 나에게 불현듯 찾아오리라는 것을 너무나 확실히 안다.

이 지구상에서 나의 모습이 어떻든 있는 그대로 나를 받아준 사람은 오직 부모님밖에 계시지 않았다. 우리가 흔히 생각하는 사랑을 초월한 무엇이 있다. 나는 부모님으로부터 그것을 받았다.

조건 없는 사랑이다. 이제까지 내가 경험한 유일한 사랑이다. 내가 죽을 때까지 그것을 다시 경험할 수는 없을 것이다. 나도 이제 남아 있는 기간 동안 조건 없이 두 분을 사랑할 수 있다는 생각이 든다. 두 분이 어떤 모습을 나에게 보여주시건 있는 그대로 전부 다 받아들이려 한다.

나는 이 세상에 미련은 없다. 살 만큼 살았고, 경험할 만한 것은 다 경험한 듯하다. 나도 미련 없이 없음의 세계로 언젠가는 당당하게 갈 것이다. 남아 있는 기간이나마 아름다운 시간으로 채워가는 것이 내가 지금 여기 있음의 세계에 존재하는 이유일 뿐이다.

# 36. 너


소리 없이 기다려준 너
네 마음속의 하늘을 본다

말없이 지켜보던 너
네 마음속의 별을 본다

바람이 불었다
내 마음도 날았다

너에게로 날갯짓하며
푸른 하늘을 누빈다

자유롭게
편안하게

어두움 속에서도
별빛을 따라

너에게 향하여
그렇게 날았다


　너의 존재는 나에게 어떤 의미일까? 나에게 다가오지 않고 바라만 보며 네 자리를 지키던 너였기에 나의 마음 또한 내 자리를 지킬 수밖에 없었다.

　한없는 기다림이 쉽지 않을 터인데, 말없이 지켜보는 것도 어려운 일일 터인데 그렇게 할 수 있었던 것에서 너의 마음을 읽는다.

　나중에야 알았다. 바람이 불던 날, 푸른 하늘을 볼 수 있었던 날, 내 자리를 지킬 수 없음을. 이제는 나도 날아야 한다는 것을.

　하지만 시간은 이미 흘러가 버렸다. 너의 존재는 어디에 있는 것인가. 하늘로 날아올라 아무리 찾아봐도 그 흔적조차 찾기 힘들다.

　찾지 못할 것이라는 사실을 알면서도 하늘을 누볐다. 어딘가에서 너도 나를 생각하고 있으리라 믿었다. 설령 나를 잊었어도 괜찮다. 아름다운 시간이 있었기에 그것으로 족하다.

　어두움이 나에게 다가와도 별빛을 바라보며 그렇게 날았다. 네가 있는 곳이 어딘지는 모르지만, 나의 마음은 모든 곳을 헤맸다. 희망이 존재하지만, 체념이 오히려 낫다는 것도 잘 안다. 그 희망의 날갯짓으로 날 수 있는 것은 의미가 없을지도 모른다. 하지만 모든 것에 의미를 부여할 필요는 없다. 존재 그 자체로 충분하다고 믿는다.

　나의 맑은 영혼은 그렇게 오늘도 푸른 하늘 속에서 자유롭다. 편안하게 오늘을 보내고 내일을 맞이하려 한다. 남아 있는 시간 동안 너의 존재는 그렇게 나에게서 지워지지 않는 흔적임을 인식한다.

　나의 마음이 너를 향해 날아가면서 너른 벌판과 울창한 숲, 유유히 흐르는 강, 그리고 끝없이 펼쳐진 저 푸른 바다를 볼 수 있었다. 그것이 네가 나에게 준 마지막 선물인지도 모른다.

# 37. 이대로도 좋다

그냥 이대로도 좋다

바라는 것을 이루지 못했고
원하는 것을 얻지 못했지만

그냥 이대로도 좋다

걱정하던 일이 일어났고
두려워했던 것이 다가왔지만

그저 이대로라도 좋다

그냥 다 좋아하기로 했다

내가 할 수 있는 것이 없고
내가 할 수 없는 것이 많아도

그저 다 좋아하기로 했다

　가만히 생각해 보면 나는 욕심이 많았던 것 같다. 원했던 것도
많았고 그것을 이루려고 나름대로 최선을 다해 살아왔던 것도 사
실이다. 물론 더 노력을 할 수도 있었겠지만, 나의 한계도 있다는
것을 그러한 과정에서 절실히 깨닫게 되었다. 노력만 가지고도
불가능한 것이 많다는 것도 알게 되었다.
　지금 가만히 돌이켜 보면 욕심을 그리 많이 가지지 않았다면 어
땠을까 하는 생각이 든다. 물론 그렇게 했다면 내가 이루려는 목
표도 더 작았을 것이고 그로 인해 얻을 수 있는 것도 많지 않았을
것이다. 하지만 곰곰이 생각해 보면 별 차이가 없었을 것 같다.
차라리 욕심을 부리지 않았다면 그에 따른 다른 아픔이나 상처가
적었을 것 같다는 생각이 든다.
　살아가다 보니까 나에게 일어나지 않았으면 했던 일들도 정말
많이 일어났던 것 같다. 크게 다치지 않았으면 했지만, 교통사고
로 인해 죽음이 어떤 것이지 직접 경험해 보기도 했다. 아마 운이
조금 더 나빴더라면 아마 나는 서른 살이 되기도 전에 이 세상과
작별을 했을지도 모른다. 내가 당한 교통사고를 본 사람이 평생
에 쓸 운을 다 썼다고 말했으니까.
　내가 정말 싫어하고 두려워했던 일들로 어김없이 나에게 일어
났던 것 같다. 어떻게 해결해야 할지, 제발 나에게 그러한 일들이
닥치지 않기를 진심으로 기도하고 애원했지만, 결국은 그러한 일

도 나에게 일어났다. 어떻게 헤쳐 나가야 할지 방법도 모른 채 살아왔던 시기도 있었다. 나의 무능력을 절실히 깨닫기도 했다.

가끔씩 생각해 보면 내가 할 수 있는 일이 그리 많지도 않고, 오히려 할 수 없는 일들이 훨씬 더 많았던 것 같다. 그로 인해 사실 나 자신에게 실망하기도 했다.

그렇게 세월이 지나다 보니 나의 내면에는 예전의 모습이 사라져 버리고 다른 모습으로 점점 변해가는 것 같다. 이전에는 내가 원하는 것을 이루어야 무언가가 되는 것이라는 생각을 했다. 하지만 요즘에는 그렇지 않다. 이제는 지금 상태가 어떠한 모습일지라도 그것에 만족하며 살아가려고 한다.

어떠한 상황일지라도 이대로의 나의 모습에 만족하려고 한다. 더 이상 커다란 욕심을 가지지 않을 생각이다. 어차피 별 차이가 없다는 것을 너무나 절실히 느끼고 있기 때문이다. 지금의 모습에 만족하며 살아가는 것이 현명하다는 생각이 든다. 현재를 잃어버리지 않는 것이 남아 있는 시간을 위해 가장 좋은 것이 아닐까 하는 생각을 한다.

그래서 매일 같이 오늘 행복하려고 노력하는 중이다. 즐겁고 좋은 일들을 조그만 것이라도 만들어 가려고 하고 있다. 나름대로 나를 위한 시간을 가꾸어 가는 것이다. 어떠한 상황이 와도 이제는 실망하거나 마음 아파하지 않으려고 한다. 그냥 이대로라도 아무런 문제가 없다는 것을 항상 마음속에 담아두고 살아갈 생각이다.

# 38. 멀어져 갔다

그렇게 멀어져 갔다
하루가 지나
이틀이 지나

점점 더 멀어져갔다
마음도
생각도

멀어져 간 것은
가까워지지 않는다

다시는
그 예전의 모습으로
돌아오지 않는다

　관계는 상호작용이 아닐까 싶다. 상호작용은 그 거리의 함수일
밖에 없다. 가까웠던 사람이 오해로 인해, 사소한 다툼으로 인해,

아니면 다른 것들로 인해 거리가 멀어진다. 그 거리는 좀처럼 좁혀지지 않는다. 각자의 편견과 선입견은 그 거리를 줄이는 데 도움을 주기는커녕 더 멀어져가게 만든다. 그렇게 시간이 지나 이제 상대방이 보이지도 않을 만큼, 대화를 할 수 있을 만큼의 거리가 되지 않는다. 상호작용은 이제 더 이상 아무런 힘도 발휘하지 못한다. 그렇게 시간이 지나면서 마음도 생각도 멀어져 가게 되고, 이제 연락조차 하기 어렵게 된다.

어릴 때야 서로 간에 서운한 것이 있어도 아무 생각 없이 며칠 지나고 나면 다시 친해질 수 있지만, 성인이 된 이상 이성적인 사고를 할 수 있음에도 불구하고 마음에 입은 상처나 서운함은 서로의 관계를 돌이키게 하지 못한다. 각자의 세계가 너무나 확고하고 자존감도 너무 세며 자신의 이익을 거의 양보하지 않기 때문이다.

좋았던 기억이나 추억도, 함께 했던 많은 시간도, 기쁘고 행복했던 순간들도 아무런 의미조차 없는 것인 양 그렇게 잊히게 된다. 그동안 나누었던 좋았던 감정이나 의리도 아무 쓸모 없이 내팽개쳐지고 이제 예전의 그 아름다웠던 시간으로 돌아갈 수가 없다.

더 시간이 많이 지나 돌이켜 보면 사실 아무것도 아니었던 것인데 왜 그렇게 서로를 멀리하게 되고 자신의 입장만을 고수하였는지 후회하게 된다. 하지만 지나간 시간은 다시 돌아오지 않는 것처럼 그렇게 멀어진 우정이나 친분은 다시 예전의 모습을 돌아오지 않는다. 우리는 어쩌면 그러한 상태에서 영원히 관계를 끝내게 될지도 모른다.

삶은 우리를 기다려주지 않는다. 친했던 사람과의 관계도 마찬가지다. 누구를 탓할 이유도 없다. 각자 나름대로의 문제가 있기 때문이며, 그것을 인식하지 못할 뿐이다. 상호작용에서의 문제는 어느 일방의 문제만이 아니라는 것을 모르는 사람도 많고, 아는 사람은 사람일지라도 이를 돌이키는 사람은 거의 없다.

멀어지지 않기 위해 노력하는 것은 각자의 몫이다. 누구 한 명의 노력으로 되지 않는다는 것을 알아야만 더 이상 그 관계가 멀어지지 않게 될 수 있다. 혼자만의 노력으로는 되기가 힘들다. 그동안 함께 했던 시간을 생각해서 더 멀어지지 않느냐 더 가까워지느냐 하는 것은 전적으로 관계를 맺고 있는 모든 사람의 책임이라는 것을 잊지 말아야 하지 않을까 싶다.

# 39. 존재는 다름이다

나는 23.5도 기울어져
일년내내 돌고 있다

어떤 애는 98도 기울어져
옆으로 누워 돌고 있다

또 어떤 애는 177도 기울어져
거꾸로 물구나무서서 돌고 있다

누가 어떻게 돌건
그건 그 사람 마음

나는 그저 내 자리에서
그들을 보면 될 뿐


  존재는 다름이다. 무한히 넓은 우주 공간에서, 끝없이 계속되는 시간의 연속선에서 모든 것은 고유한 자신으로서 존재할 뿐이다. 그것이 생명체이건, 무생물이건, 크기가 크건, 눈에 보이지 않을 정도로 작건, 이 세계에서 똑같은 것은 존재하지 않는다. 심지어 우주의 먼지조차 그 성분과 크기와 질량이 다르다. 구분하지 못할 쌍둥이도 그 염기서열이 다르며, 극히 작은 세균도 같아 보이지만 완전히 다른 존재다.

태양계 내의 다른 행성들은 어떨까? 그들의 자전축은 지구와 비슷할까? 그렇지는 않다. 태양계 행성들의 자전축의 각도는 제각각 다르다. 수성은 0.04도, 금성은 177도, 지구는 알다시피 23.5도, 화성은 25도, 목성은 3도, 토성은 26.7도, 천왕성은 98도, 해왕성은 28도이다. 특이한 것은 금성의 자전축 기울기는 무려 177인데 이는 완전히 거꾸로 서서 도는 것과 마찬가지이다. 여기서 질문이 나올 법하다. 177도라면 수성과 마찬가지로 그냥 거의 기울어지지 않은 채로 공전하는 것이 아닌가 싶지만 그렇지는 않다. 자전축의 정의는 그 행성의 자전축과 공전축 사이의 각도를 말하므로 금성은 거꾸로 서서 도는 것과 마찬가지이다. 사람으로 말하면 물구나무 선 채로 돌고 있다는 뜻이다. 또한 천왕성은 98도이므로 이것은 옆으로 누워서 회전하는 것과 마찬가지이다.

태양계의 행성이 각각 나름대로 자신의 자전축을 가지고 태양을 돌고 있다고 해서 어떤 행성도 다른 행성에게 뭐라고 하지 않는다. 마찬가지로 자연에 존재하는 그 무한한 존재들은 각자 나름대로의 길을 갈 뿐 자신 외에 다른 존재에 대해 가타부타하지 않는다.

우리는 어떨까? 나와 생각이 조금 다르다고, 나의 마음에 들지 않는다고, 내 성격에 맞지 않는다고, 나의 신념과 가치관이 다르다고, 종교가 다르다고, 피부색과 외형이 다르다고 다른 존재의 다름을 어느 정도 인정하고 있는 것일까?

다르기 위해 존재하는 것인데 우리는 왜 같아야만 한다고 자신의 목소리를 내는 것일까? 그럴만한 권리라도 가지고 있기에 그런 주장을 하는 것일까?

나와 다르기에 나의 부족함을 그 사람으로부터 메울 수 있는 것은 아닐까? 나의 지식과 생각이 다르기에 그로부터 새로운 것들을 배울 수 있는 것은 아닐까? 다른 사람이 나와 같아야 한다면 신은 과연 다른 존재를 창조했을까? 다름을 인정하지 않는 것은 신에 대한 모독이 아닐까?

나의 한계를 인정하지 못한 채, 내가 가지고 있는 지식과 나의 생각으로 다른 것을 판단하려고 하는 것이 바로 나의 보다 나은 모습으로의 성장하는 데 있어서 가장 커다란 장애물이 되는 것은 아닐까?

물구나무서서 걸어가건, 옆으로 누워 가건, 옆으로 약간 기울어져 가건, 똑바로 서서 가건, 그것이 바로 그 존재로서의 진정한 모습이기에 그럴 수밖에 없다는 생각이 든다. 지구는 비뚤어진 상태에서 45억 년을 지내왔다. 그것이 지구의 존재의 모습일 뿐

이다. 더도 말고 덜도 말고, 그냥 그 존재를 인정하는 것이 그리
힘든 것일까? 존재는 다름이다. 그것이 참된 그 존재의 모습
이다.

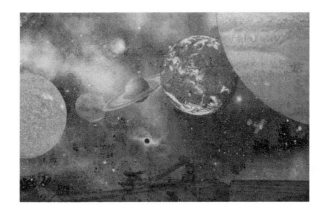

# 40. 살만하다고 느낄 때

창밖에서 갑자기 빗소리가 들릴 때
하늘에서 갑자기 함박눈이 쏟아질 때

한낮에 꿀맛 같은 낮잠을 자고 일어날 때
한여름 매미 소리가 사방에서 울릴 때

좋은 음악을 들으며 눈물을 흘릴 때
놀이동산에서 신나게 놀이기구를 탈 때

비행기를 타고 하늘에서 구름을 볼 때
내가 살만한 때라 느끼는 것이 이리 많은 줄 몰랐다

　나는 언제 살만하다고 느끼는 것일까? 내가 살아있음을 느낄 수 있는 것은 언제일까? 나의 존재의 의미 있음을 인식할 수 있는 것은 어느 때일까?
　책을 보다가 창밖으로 비가 내리는 소리가 들렸다. 그날따라 왠지 그 소리가 빗소리가 마음에 와닿았다. 길을 가다가 갑자기 함박눈이 펑펑 쏟아져 내렸다. 하늘을 바라보니 커다란 눈꽃이 쏟아져 내렸다. 만약 내가 이 세상에 존재하지 않는다면 이런 광경을 볼 수 없겠구나 하는 생각이 들었다. 살아있기에 볼 수 있는 장면이었다.

제주도를 가면서 비행기에서 흰 구름을 내려다보았다. 어찌나 아름다운지 가슴이 그냥 먹먹했다. 그 아래로 보이는 바다와 더불어 이러한 자연을 느낄 수 있다는 것은 축복이다 싶었다.

한라산에 등반했다. 백록담까지 가는 내내 높이에 따라 계절이 바뀌었다. 전에 볼 수 없었던 너무나 멋있는 한라산의 절경에 신선이 된 듯한 느낌이었다. 내가 이 세상에 살아 존재하기에 경험해 볼 수 있는 것이었다.

무더운 한여름 나도 모르게 낮잠이 들었다. 시간이 지나 빽빽 울어제끼는 매미 소리에 잠에서 깨어났다. 매미가 얼마나 울어대는지 생명의 치열함에 가슴이 저렸다. 피곤했던 몸도 날 듯이 가벼워졌다. 더 이상 바라는 것이 없었다.

밤이 깊어 갈 때 창밖을 바라보며 음악을 들었다. 슬픈 음악은 아닌데 그냥 눈물이 났다. 깊은 밤 사방은 고요한데 음악은 나의 마음에 이슬이 맺히는 듯했다.

살아가는 것이 별것은 아니지만, 살아있기에 가슴 벅찬 순간들도 많았다는 것을 느낀다. 남아 있는 시간 속에서도 그러한 순간은 많으리라 믿는다. 나에게 어떠한 일이 다가오더라도 삶은 결코 포기할 필요가 없다. 너무나 아름다운 순간이 많다는 것을 알기에 그 순간들을 느끼고 싶을 뿐이다.

# 41. 슬퍼도

슬퍼도 슬퍼하지 않는다
운명이란 걸 알기에

그리워도 그리워하지 않는다
어쩔 수 없다는 걸 알기에

미워도 미워하지 않는다
그럴 수 있다는 걸 알기에

아파도 아파하지 않는다
치유될 수 없다는 걸 알기에

이제는 푸른 하늘을 바라보고
구름에 마음을 실어 보낸다

이제는 밤하늘의 별을 바라보고
내 마음을 묻는다

울고 싶어도 울지 못하는 현실, 슬퍼도 슬퍼하지 못하는 현실은 그 아픔이 너무나 크고 깊기 때문이 아닐까? 어찌할 수 없는 운명이기에, 자신의 한계를 넘어서는 것이기에 아무것도 하지 못한 채 그저 모든 것을 받아들일 수밖에 없다.

아무리 그립다고 해도 볼 수가 없고, 만나고 싶어도 만날 수 없는 현실은 삶의 잔혹함을 보여주는 것이 아닐까 싶다. 우리의 삶은 그렇게 우리의 평범한 그리움마저 막아서고 있는 것인지도 모른다.

누군가를 미워하고 싶어도 미워하지 못하는 것은 그만큼 세월의 흔적이 남아 있기 때문이 아닐까? 모든 것을 함께 경험하고 겪어왔기에 이제는 어떠한 감정도 사치라 생각될 수밖에 없다.

차라리 아픈 상처를 보듬어 줄 수 있다면 행복한 것인지도 모른다. 그 상처가 덧나고 치유할 수 없어도 아파하지 못하는 이유를 누가 이해할 수 있을까?

이제는 모든 것을 받아들이고 가지고 있는 것을 내려놓은 채 바람에 구름이 흘러가듯 모든 것을 저 푸른 하늘의 하얀 구름에 실어 보내야 할 때다.

태양은 이미 사라졌고, 어두운 밤이 되어 별은 반짝이지만, 그 별에 모든 마음속의 것들을 묻어야 할 때다. 최선을 다했지만 더 이상 할 수 있는 것이 없기에 그렇게 모든 것을 묻어 버리고 밤하늘의 별과 작별을 해야 한다.

# 42. 거꾸로 가는 시계

시계가 거꾸로
가기 시작한다

미래로 흐르던 시간은 멈추고
과거로 흐르기 시작했다

하고자 했으나 못했던 일
최선을 다했으나 잘못된 일
나도 모르게 놓쳤던 일

다시 만나고 싶은 사람
스쳐 지나갔던 인연
피하고 싶었던 사람

모든 것들을 다시
시작할 기회가 주어졌다

이게 웬일인가 싶지만
또다시 나의 마음은
지치기 시작한다

차라리 시계가 거꾸로
가지 않는 것이 나을 뻔한 듯

남아 있는 시간으로도
충분했었던 것 같다

아침에 일어났는데 창밖에 비가 내리고 있었다. 봄비를 보니 마음이 그냥 편안해졌다. 일요일 아침이라 여유도 있었다.

비를 잠시 보다가 책상으로 와서 컴퓨터를 켰다. 언뜻 컴퓨터 앞에 있는 탁상시계를 보았다. 탁상시계를 보다가 갑자기 시계가 거꾸로 돌기 시작한다면 어떻게 될까 하는 생각을 해봤다.

내가 만약 어린 시절이나 젊었던 때로 돌아간다면 나는 지금과는 다르게 살게 될지 궁금했다. 사실 생각해보면 지나온 세월에 후회되는 일도 너무 많고 아쉬운 것들도 많다. 과거로 돌아가서 그러한 일들을 고치고 싶기도 하고, 좀 더 좋은 결과를 만들어 낼수 있을 것 같기도 하다.

진심으로 바랐던 일들도 많았는데 그것 중에 이룬 것보다는 이루지 못한 것들이 더 많다. 그것들로 인해 지금 나의 모습이 만들어져서 조금은 아쉽기도 하다.

최선을 다하며 산다고 살았는데 지금 돌이켜 보면 꼭 최선은 아니었던 것 같다. 좀 더 신중하게 더 많은 노력을 할 수 있었을 텐데 하는 아쉬움도 너무 많다.

실수로 잘못한 일들도 정말 많았다는 생각이 든다. 그러한 실수를 왜 했는지 지금 생각해보면 이해가 되지 않는다. 내가 왜 그 정도밖에 안 됐는지 한심하다는 생각이 들기도 한다.

좋은 사람들을 만날 기회가 있었는데도 그렇게 하지 못했고, 피하고 싶었던 사람들도 많았는데 그러지 못해 상처도 많이 받았고, 좀 더 친하게 지내야 했었던 사람들도 있었는데 그냥 스쳐 지나간 것 같기도 하다.

그런데 가만히 생각해보면 과거로 돌아가 다시 모든 일을 하게 된다 해도 그 상황에서 또 다른 실수를 하고, 이루지 못하는 것도 역시 생길 것이며, 내가 원하지 않는 일들도 나에게 다가올 것은 아마 마찬가지라는 생각이 든다.

사실 우리가 살아가면서 후회하지 않는 사람들은 없을 것이다. 누구나가 다 아쉬운 일들도 많을 것이다. 다시 시간이 주어진다고 해도 그러한 상황에서 또 다른 후회되는 일, 아쉬운 일들도 생기게 될 것이다. 또 다른 가슴 아픈 일이나 상처가 되는 일, 힘들고 고통스러운 일들도 아마 생기게 되지 않을까 싶다.

차라리 지금 나에게 남아 있는 시간을 과거로 돌아간다는 마음으로 살아가는 것이 나을 것이란 생각이 든다. 우리에게 주어진 시간은 극히 제한적이라는 마음으로 오늘 나에게 주어진 시간이나마 보다 의미있게 살아가는 것이 과거로 돌아가는 것보다는 더 낫지 않을까 하는 생각을 해본다.

오늘 내리는 봄비는 대지를 촉촉이 적셔서 새로운 생명에게 많은 도움을 될 것 같다. 나의 마음에도 봄비가 많이 내렸으면 좋겠다. 나이가 들수록 나의 영혼은 모래바람이 날리는 메마른 사막 같다는 느낌이다. 내 마음에도 봄비가 충분히 내려 새로운 생명이 움터오는 그러한 대지가 되면 좋겠다.

일요일이지만 오늘은 집에만 있지 않고 조금 있다가 외출을 할 생각이다. 비가 하루 종일 온다고 하니 우산을 쓰고서라도 봄비를 느껴보고 싶다.

# 43. 언제

아무도 없는 고요한 이 밤
구름 많은 하늘에 별도 사라져
내 마음의 별빛은 언제 빛날까

겨울은 가고 봄이 오건만
꽃이 피려면 아직 멀었네
내 마음의 꽃은 언제 피려나

한 고개 두 고개 넘고 넘지만
다시 다가오는 새로운 봉우리
내 마음의 고비는 언제 끝날까


　삶은 어려움과 고통의 연속일 수밖에 없는 것 같다. 하나의 고비를 넘기면 또 다른 고비가 찾아온다. 힘든 일 하나를 간신히 끝내고 나면 또 다른 힘든 일이 나타난다. 우리의 삶은 다람쥐 쳇바퀴 돌 듯 힘들고 어려운 일들로 계속된다.

물론 그러한 과정에서 성취감도 있고 어려움을 극복한 환희도 있지만, 그것은 그리 오래 가지 못한다. 새로운 일들이 기다리고 있기 때문이다.

시지프가 무거운 바위를 밀고 언덕 위까지 힘들게 올라가고 나면 정상에 이르자 바로 그 바윗돌은 아래로 굴러 내려간다. 시지프는 다시 언덕 아래로 내려가 그 바윗돌을 정상을 밀고 올라가야 한다. 처음부터 다시 힘들게 바위를 정상위로 올려놓으면 그 바윗돌은 다시 언덕 아래로 내려간다. 시지프의 운명은 그가 죽을 때까지 그 일을 반복하는 것이다.

우리는 이러한 상황에서 무엇을 깨달을 수 있을까? 시지프의 이야기 속에 어떤 숨겨진 진리가 있는 것일까? 사람마다 해석을 달리 할 수도 있지만 시지프의 이야기가 우리의 현실을 대변하고 있다는 것을 부인할 수는 없다.

시지프는 그의 일생에서 어떤 보람을 느꼈을까? 그가 매일 반복하는 것에서 그는 어떤 의미를 발견했을까? 시지프는 그것이 운명이라고 생각해서 그냥 순응했던 것일까? 우리의 삶이 시지프와 얼마나 다른 것일까? 매일 반복되는 우리의 삶에서 어떤 의미를 찾을 수 있는 것일까?

우리의 삶은 순간으로 이루어지는 것이 아닐까 싶다. 힘든 순간도 있지만, 행복한 순간도 있다. 어려운 순간도 있지만, 환희의 순간도 있다. 고통의 순간도 있지만, 기쁨의 순간도 있다. 나는 그저 그 순간들을 경험하려고 한다. 그것으로 나는 만족하려고 한다. 나는 그리 특별한 사람이 아니기에 그 이상을 바라지는 않는다.

# 44. 내가 그립다

추억 속의 내가 그립다

순수하고 꿈 많던
그 시절이 그립다

아팠지만 고민했던
그 시간이 새롭다

시간의 흐름 속에
잃어버린 것들이 아쉽다

돌아오지 않을
그 무언가에 서럽다

추억을 그리워하는 나를
내 가슴에 묻는다

순수하고 꿈 많던 그 시절이 그립다. 아무것도 몰랐지만, 나름대로 열심히 살았던 그때가 그립다. 세월이 흘러 이제는 꿈을 꿀 수도 없고, 무언가를 위해 열정을 태울 수도 없는 나이가 되어 버렸다.

가슴 아픈 일도 많았고, 힘들었던 순간도 많았지만, 그러한 것들과 부딪히며 헤쳐 나갔던 때를 이제는 돌이켜 본다. 어느새 시간이 이렇게 흘러갔는지 이해할 수조차 없다.

가만히 생각해보면 얻은 것도 있지만, 잃어버린 것도 많았던 것 같다. 그 잃어버린 것이 더욱 소중했던 것은 아니었을까? 나는 어떤 것이 더 중요하고 어떤 것이 덜 중요한 것이었는지 진정으로 고민하며 살아왔던 것일까?

이제는 돌아오지 못하는 것들도 너무나 많다. 내가 떠나보낸 것도 있고, 나에게서 떠나버린 것들도 많다. 돌아오지 않는 것을 바라지도 못하는 것이 바로 우리의 인생이 아닐까 싶다.

나에게 남아 있는 시간은 얼마나 되는 것일까? 나는 어떤 일들을 더 할 수 있는 것일까? 앞으로 주어진 시간 속에 나에게 진정으로 의미 있는 일들은 어떤 것일까?

이제는 정말로 나에게 중요한 일들만 해야 할 때가 되지 않았나 싶다. 다른 많은 일을 하기에는 나의 능력의 한계를 여실히 느낄 뿐이다. 할 수 있는 것만 해야 하는 것이 보다 현명한 선택이 아닐까 싶다. 그러기 위해 나의 욕심을 내려놓고 나의 마음을 비우고 맑은 눈으로 볼 수 있도록 나의 영혼을 맑게 해야 할 것 같다.

내가 가야 할 길이 아닌 곳에는 관심조차 두지 말아야 할 필요를 느낀다. 그럴 만한 시간도 능력도 되지 않기 때문이다. 길 따라 무조건 가는 것도 삼가려 한다. 가야 할 길인지 가지 말아야 할 길인지 멀리서 바라보고 신중하게 그 길을 선택하려 한다.

이제는 아름다웠던 추억을 가슴에 묻는다. 남아 있는 시간을 위해 잠시나마 추억에서 벗어나려 한다. 훗날 더 아름다운 추억을 만들기 위해서 나는 그러한 선택을 하려 한다.

# 45. 다 받아들임

모든 것을 받아들입니다
생각을 하지 않습니다
판단도 하지 않습니다
내가 없습니다
그냥 있음으로 만족합니다
모든 것을 다 포용합니다
무조건적 사랑입니다
그렇게 다 받아들입니다


　요즘 나는 어머니나 아버지가 아기 같은 느낌이 많이 든다. 특히 아버지의 경우 지난겨울 뇌경색을 겪으시고 나서 혼자 집 밖에 나가시겠다고 하면 덜컥 겁이 난다. 얼마 전 발바닥이 불편하셔서 침을 맞으시러 다녀오겠다고 하시면서 나가셨는데 3시간이 되어도 돌아오시지 않는 것이었다. 한 시간 정도면 돌아오시는데 9시쯤 나가셔서 점심시간이 다 되어도 돌아오시지를 않아 걱정이 되기 시작했다. 갑자기 혹시나 길을 잃으신 것은 아닌지 겁이 나서 얼른 옷을 주워 입고 밖으로 나가 아파트 정문을 나서려는데 그때야 아버지께서 천천히 절룩거리시면서 돌아오시는 것이었다. 근처에 있는 한의원이 아닌 예전에 살던 곳에 있는 병원에 다녀오느라 늦으셨다고 하셨다. 가슴을 쓸어내리고 집으로 모시고 들어왔다.

어머니는 요즘 모든 걸 나한테 물어보고 그러신다. 예전에 그러지 않으셨는데 정말 사소한 것까지 나한테 의지를 하신다. 내가 어렸을 때 뭐든지 어머니에게 물어보고 했던 기억이 나는데 요즘엔 완전히 반대가 되어 버렸다. 어머니 항암치료가 끝나고 나서부터는 더 심해진 것 같다.

항암치료를 받으면서 하얗던 어머니의 피부는 거무스름해졌다. 이제 항암치료가 끝나고 어느 정도 지나서 다시 피부가 원래의 색으로 돌아오고 있다. 지난번 어머니의 얼굴색이 되돌아오는 것을 보고 기뻐서 어머니 두 뺨을 내 두 손으로 감싸면서 "우리 아기 너무 이뻐지네" 하는 말이 나도 모르게 튀어나와 버렸다. 어머니가 아기처럼 생각되는 나의 내면에 있는 말이 나도 모르게 나와 버린 것 같았다.

시간이 흘러갈수록 이제 부모님은 점점 아기처럼 되어 갈지 모른다. 식사를 하시다가 아버지는 가끔 엉뚱한 말씀을 하시고 어머니는 기억력도 많이 떨어지셨다. 세월은 그렇게 흐르고 시간은 돌이킬 수가 없는 것 같다.

어릴 땐 어머니 아버지 뒤만 졸졸 따라다녔는데 이제는 부모님과 함께 걸어가다 보면 천천히 정말 천천히 보조를 맞추어 가지 않을 수 없다. 예전엔 무거운 것을 나 대신 들어주셨지만, 이제는 모든 짐을 내가 들고 간다. 어릴 적 무슨 일이 생기면 나 대신 다 해결해 주셨지만, 이제는 부모님에게 생기는 모든 문제는 내가 다 해결한다.

아기 같아지는 부모님을 보면서 나의 마음이 무겁고 가슴이 시린 것은 무엇 때문일까? 그냥 가슴이 뻥 뚫린 것 같고 마음이 휑한 것이 허무하고 허탈하다.

하지만 아기 같아도 아직은 내 곁에 계시는 것으로 나는 행복하다. 내가 할 수 있는 것이 있다는 사실이 내가 도움을 드릴 수 있다는 것이 그나마 나는 다행으로 생각된다. 친구가 한 말이 생각이 난다. 옆에 계시는 것만으로도 엄청난 행복이라는 그 말이 수시로 뇌리를 스치고는 한다.

시간이 지날수록 나의 부모님은 점점 더 아기 같아질 것이다. 하지만 나는 내 힘이 닿는 그 날까지 아기 같은 부모님을 업고서라도 끝까지 갈 것이다.

나는 이제 부모님의 모든 것을 아무 생각없이 다 받아들인다.

# 46. 어떤 길

이 길을 따라 걷는 이유는
운명이라 생각되었기 때문이었다

알 수는 없지만
알 수 없는 그것이
나를 끌어 당겼다

그 길을 걷다 보니
모든 것을 만났다

돌이켜 보면
운명의 길은 따로 없었다

모든 길은 비슷할 뿐
특별한 것도
다른 무엇도
없음을 알았다

그저 어떤 길이든
어떻게 걸었는지
어디까지 걸었는지
포기하지 않았는지만
중요할 뿐이었다


　우리는 항상 어떤 길을 걸을까 생각하며 고민한다. 내 앞에 수많은 길들이 놓여 있지만 내가 갈 수 있는 길은 오직 하나다. 우리에게 삶이 한 번 주어지듯이 내가 걸어가야 하는 길도 하나밖에 없다. 중간에 갈림길이 나와도 거기서 선택할 수 있는 길은 역시 하나밖에 없다. 나의 존재가 하나이듯 내가 선택할 수 있는 길도 하나뿐인 것이다.

　어떠한 길을 선택해서 가느냐에 따라 나의 삶이 달라진다. 삶의 순간에서 나의 선택이 어떻게 될지 나도 모르는 경우도 있다. 나름대로 최선을 다해 선택했을지라도 내가 생각했던 것과 다를 수도 있다. 내가 선택한 길일지라도 내가 원하지 않는 일이 일어날 수도 있다.

　그 길을 가는 도중에 내 인생의 모든 일들이 일어난다. 기쁨과 슬픔, 사랑과 미움, 그리고 행복과 불행도 내가 가는 그 길에서 일어나는 것들이다. 그 길을 가다 보면 넓어지기도 하고 오솔길이 되기도 하며 오르기 힘든 경사진 산길이 되기도 하고 거침없이 질주할 수 있는 내리막이 되기도 한다.

그 길을 가면서 많은 사람을 만나기도 한다. 어떤 사람과는 오래도록 같이 가기도 하며, 만나 잠시만 이야기하다 헤어질 수도 있고, 함께 가고 싶어도 함께 가지 못할 때도 있고, 같이 가기 싫어도 같이 가야 하는 경우도 생긴다. 나의 평생의 인연은 내가 가는 그 길에서 모두 만날 수밖에 없다.

내가 선택한 길이지만 그 길을 가다 보면 소나기가 오기도 하며, 이글이글 타오르는 강렬한 태양 빛이 내리쪼이기도 하고, 흐르는 땀을 식혀주는 시원한 바람이 불기도 하며, 하얀 눈이 펑펑 내려 내 마음을 푸근하게 해주기도 한다. 하지만 그 모든 것은 내가 원하건 원하지 않건 나와 상관없이 나타날 뿐이다.

어느 날은 뛰어가고 싶기도 하고, 어느 날은 천천히 가고 싶기도 하며, 힘든 날은 아예 주저앉아 한 발자국도 가고 싶지 않기도 하지만 내가 선택한 그 길을 내 생명 다하는 날까지 가야만 하는 것은 어쩔 수가 없다.

가다 보면 짐이 생겨 어깨에 짊어지기도 해야 하고, 너무 무거운 짐은 등에 짊어져야 하기도 하며, 가슴에 끌어안고 가야 할 경우도 있다. 다리를 다쳐 걸을 수 없는 경우도 있으며 허리가 아파 허리를 펼 수 없는 날도 있고, 먹을 것이 없어 배를 움켜쥐고 가야 하는 날도 있다.

돌이켜 보면 어떤 길을 걸었어도 그다지 차이는 나지 않았을 것 같다. 하지만 그 모든 것에도 불구하고 나는 나의 길을 가야 한다. 내가 원해서 선택을 했건, 나의 의지와 상관없이 선택된 길이건 나는 그 모든 것에 상관없이 그 길을 가야만 한다. 끝까지 다 가고 나면 그동안 내가 걸어왔던 길을 한참이나 돌아보리라. 그리고 나에게 말하리라. 내가 걸어온 길은 운명이었노라고.

# 47. 나로 살기 위해

내가 나인 까닭은
나로 살기 위함입니다

나를 알지 못했고
나로 살지 못했기에
나를 잊은건지도 모릅니다

슬픈 나를 위해
이젠 나로 살기 위해

모든 것을 접어
다시 펼쳤습니다

신을 알고 있겠지요
나의 이런 마음을

　나는 왜 그동안 나를 잊고 살았던 것일까? 내 자신을 많이 사랑하지 못했고 나 자신을 위해 살지 못했던 것 같아 내 자신에게 미안할 뿐이다. 사랑하면 아껴주어야 하는데 난 내 자신을 너무 아끼지 않았던 것 같다. 건강을 위해 전혀 신경 쓰지도 않았고 내 자신을 위해 돈 쓰는 것도 몰랐다. 음식도 제일 싼 것만 찾아서 먹었고, 옷이나 신발 같은 것도 거의 사지 않았을 뿐 아니라 가장 저렴한 것만 사서 입고 신었다. 일도 쉬엄쉬엄해도 되는 것을 무리하게 시간 쪼개가며 쉬지 않고 일하고 뛰어다녔다. 이제 예전의 나의 몸이 아니다. 체력도 근육도 내리막길에 들어섰기에 다시 올라가기에는 너무 늦었다.

그동안 나는 무엇을 위해 살아왔던 것일까? 사회에서 요구하는 표준적인 삶을 위해 나의 세계를 많이 잊고 살았던 것 같다. 내 자신을 잊고 나의 내면을 잊은 채 남들이 좋다고 생각하는 대략 그런 방향을 따라가느라 나를 돌아볼 틈이 없었다.

이제는 잊혀진 나를 찾아 내 자신을 기억할 때다. 어느 정도라도 내 자신을 사랑하고 나를 위해 조그만 것이라도 하고 싶다. 지나온 시간은 진정으로 나를 위한 삶이 별로 없었던 것 같다. 나를 위해 여행 한번 제대로 가본 적도 없고, 마음 놓고 무엇 하나 사본 적도 없다. 그동안 주인공인 내가 없는 삶이었기에 그렇게 헤매며 살았는지도 모른다.

이제는 나도 나를 많이 사랑하고 싶다. 내 몸도 아끼고 나를 위해 조금만 사치라도 하고 싶다. 나의 행복을 위해 약간이라도 노력하고, 나의 즐거움과 기쁨을 위해 하고 싶은 것 하나라도 하려 한다. 누군가가 나를 욕하더라도 이제 상관없다. 나를 가장 사랑해야 하는 사람은 나라는 것을 확실히 알기 때문이다. 다른 사람은 그냥 다른 사람일 뿐이며 그가 나의 인생을 대신 살아주지 않는다. 내가 아프다고 해서 대신 아파주지도 않으며, 내가 힘들다고 해서 대신 힘들어할 수도 없다.

더 나은 나를 위해 더 아름다운 나의 내면의 세계를 위해 보다 많은 노력을 하려 한다. 다른 것보다 내가 소중하다고 생각하는 것을 위해 애쓰려 한다. 지나온 시간이 의미가 없는 것은 아니지만, 앞으로의 시간은 더 커다란 의미가 될 수 있도록 나만의 노력을 하려 한다. 그것이 그동안 나를 잊고 살았던 나에게 조금이라도 보상을 해주는 것 같기 때문이다.

앞으로의 시간은 다른 사람도 생각하고 나도 생각하는 시간들이 될수 있도록 나름대로의 방법을 찾으려 한다. 이제 다가올 시간은 그래서 더욱 기대가 된다. 물론 앞으로의 시간에도 아픔과 어려움도 있겠지만 그것은 당연하다고 생각할 것이다. 그동안의 경험이 더 커다란 어려움도 능히 이겨낼 수 있을 힘이 되어 주리라 굳게 믿는다.

이제는 나를 잊지 말고 꼭 기억하며 하루하루를 지내려 한다. 내가 없어지면 이 세상이나 이 우주도 아무런 의미가 없다. 그러기에 내가 곧 우주고 우주가 곧 나다.

# 48. 어둠 속에도 빛이

춥고 어두웠던 밤이 끝나고
새벽이 다가왔습니다

이제 밝고 따스한
햇볕있는 낮이 될 것입니다

어둠이 있으면
밝음도 있고

추운 날이 있으면
따스한 날도 있기 마련입니다

춥고 어둡다 두려워하거나
겁낼 필요가 없습니다

얼마 지나지 않아
따뜻하고 밝은 날이 오니까요

지금 존재하는 이유는
따스하고 밝은 그날을
알기 위함일지 모릅니다


　어머니 대장암 수술을 한 후 한달 정도가 지나 다시 수술했던 병원에 갔다. 집도의였던 외과 과장님을 뵈었고 수술 경과에 대해 설명을 들었다. 대장 40cm 정도를 절제했고, 35개 제거된 림프절 가운데 6개가 양성으로 판정되어 항암 치료를 해야 할 것 같다는 의견이셨다.

　항암치료와 수술 후 관리는 다른 과에서 담당하기에 1년 후 다시 뵙기로 하고 혈액종양내과로 가서 항암치료 전문 선생님을 뵈었다. 어머니 연세가 너무 많으셔서 방사선과 주사 대신 복용하는 약으로 일단 시작해보자고 하셨다. 2주 동안 항암제를 아침과 저녁 두 번 먹고, 1주 쉰 다음에 병원에 와서 다시 검사를 하고 경과를 봐서 다시 약을 조절하는 방향으로 8차례 항암치료를 해서 24주, 그러니까 약 6개월 정도 걸릴 것이라 말씀하셨다. 항암치료 과정 중에 식단과 주의해야 할 것들을 간호 선생님께 설명을 들었다. 그리고 어머니를 모시고 약국에 가서 항암제를 사서 다시 청주로 돌아왔다.

　1차 항암치료가 끝날 때쯤 어머니 손과 발의 피부가 약간씩 검붉게 변하기 시작하며 커다란 물집이 여러 군데에서 잡히기 시작했다. 물집이 너무 커져 걷기도 불편하셔서 내가 물집을 다 터뜨려 짜드렸다. 3주 후 병원에 가서 혈액검사를 하고 의사 선생님을 뵈었다. 손과 발을 보시더니 그렇게 큰 부작용은 아니라 하시면서 변화 없이 저번에 처방받은 약을 계속 같은 양으로 복용하자고 하셨다.

2차 항암치료가 시작되어 1주가 지나기 시작했을 때 부작용이 갑자기 심해지기 시작했다. 어머니께서 식사를 거의 못하셨다. 입 안을 살펴보니 혀를 비롯해 입안 전체가 이상해져 있었고 혀가 잘 움직이지를 않았다. 설사를 하루에 10번 이상 하시기 시작했다. 손발은 피부가 완전히 검붉게 변했고, 통증이 너무 심해 걷기도 힘들뿐더러 손으로 다른 것을 만지기도 못하셨다. 2차 항암제를 다 복용하고 약을 끊었는데도 상태는 더 심각해지면서 입안이 완전히 다 헐어 식사를 전혀 하시지를 못하셨다.

2차 항암치료가 그렇게 끝났고 다시 병원에 갔다. 의사 선생님께 우선 어머니 손과 발을 보여드렸다. 부작용이 갑자기 심해진 상황을 설명드렸고 의사 선생님이 당분간 항암제 복용을 중단하는 것이 낫겠다고 판단하셨다. 일주일 이상 거의 아무것도 드시지 못하셔서 너무 힘들어하시는 어머니를 간신히 차에 태워 다시 청주로 내려왔다.

교회 가정의학과 집사님께 전화를 드려 상의를 했다. 집에서 호전되기는 힘들 것 같으니 당분간 병원에 입원해서 수액과 영양제를 맞는 게 좋을 것 같다고 말씀해 주셨다. 아버지도 혼자 집에

계시니 집에서 가까운 병원에 입원하는 게 나을 것 같아 입원할 수 있는 병원을 좀 알아봐 달라고 부탁을 드렸다. 잠시 후 바로 집사님이 전화를 주셨다. 집 앞에 있는 병원에 내일부터 입원할 수 있을 것이라고 말씀하셨다.

다음 날 아침 바로 짐을 챙겨 어머니를 모시고 입원할 병원에 갔다. 혈액종양내과 선생님이 써 주신 소견서를 드렸다. 청주에 오기 전 어떤 치료를 하는 게 좋을지 소견서를 부탁드려서 혈액종양내과 선생님이 미리 써주신 것이었다. 선생님이 보시더니 바로 입원하자고 하셨고, 내가 1인실로 방을 배정해 달라고 했다. 지난번에 2인실에 입원해 있었는데도 너무 힘이 들었기 때문이었다.

바로 입원실로 가서 수액과 영양제를 링거를 맞기 시작했다. 이미 열흘 정도 거의 드신 것이 없었고, 매일 같이 설사를 너무 많이 해서 어머니는 이미 탈진 상태였다. 몸 안의 수분이 거의 없을 정도라서 침을 삼키기도 힘들어하셨다. 손과 발은 이미 부작용이 심해져서 딱딱해지면서 피부가 갈라져 가기 시작했다. 큰 흉년이 들어 가뭄이 너무 오래 계속되면 논바닥에 물이 다 말라 버리고 딱딱해지면서 쩍쩍 갈라지는 것과 똑같이 어머니의 손과 발이 그렇게 쩍쩍 갈라져 가고 있었다. 수액을 맞으면서도 계속 설사로 화장실을 드나드셔야 했다.

내가 병원에 상주하면서 어머니 옆에서 먹고 자고 했다. 누나가 토요일에 분당에서 내려와 반찬을 해 놓고 아버지 드실 국을 끓

이고 어머니 손발 정리해 드리고 그동안 못했던 집안일을 다 했다. 며칠이 지나자 내 허리가 아파오기 시작했다. 허리 협착증이 심해 병원 간이침대에서 자다 보니 허리가 무리가 된 듯했다. 허리를 펼 수가 없었지만, 그냥 참을 수밖에 없었다. 아버지가 보시다 못해 교대를 해주시겠다고 오셨다. 허리 물리치료 받고 하루라도 집에서 자라고 하셨다. 허리가 더 아프면 아무래도 힘들 것 같아 병원에 가서 물리치료를 받고 집에서 잤다. 그리고 이튿날 다시 아버지와 교대를 했다. 어머니 설사가 멎기 시작했다. 손과 발에 통증도 서서히 가라앉아 고통스러워하시던 것이 조금씩 줄어들기 시작했다. 그렇게 9일이 지났다. 어머니 퇴원을 누나에게 알렸고 누나가 분당에서 다시 내려왔다. 9일 만에 보는 햇빛을 어머니는 너무 감사해하셨다. 그렇게 어머니를 모시고 다시 집으로 왔다. 누나가 먹을 것을 이것저것 잔뜩 해 놓고 어머니 손발을 정리해 드리고 다른 집안일 밀린 것을 했다.

다음 날 아침 어머니 손과 발을 정리해 드리려고 하는데 왼발 엄지발톱이 저절로 완전히 빠져 있었다. 다른 발톱도 보니 다 빠질 것 같았다. 쩍쩍 갈라진 손바닥과 발바닥을 뜯어낼 수 있는 것은 다 뜯어내고 바세린을 발라 드렸다. 빠진 엄지발톱과 갈라진 손과 발을 보니 마음이 너무 아팠다. 하지만 뜯어낸 손바닥과 발바닥 아래에는 새로운 살이 돋아 올라오고 있었다. 아기 피부 같은 생살이었다. 그것을 보고 빠진 엄지발톱을 보았다. 아직 발톱이 하나도 나오지는 않았지만 얼마 지나지 않으면 새로운 발톱이 나올거라는 생각이 들었다. 비록 다른 발톱도 다 빠질 것 같아 보였지만, 다 빠지고 나면 다시 새로운 발톱이 다 나오리라는 확신이 들었다. 그 확신이 들자 나의 마음에 빛이 비춰지는 것 같았다. 어둠 속에도 항상 빛은 비추기 마련이다.

# 49. 물 따라

물 따라 흘러가야
했는가 보다

바람따라 흘러가야
했는가 보다

산이 높으면 높은대로
강이 깊으면 깊은대로
그렇게 가야 했는가 보다

이제라도 그렇게 가야할까 보다

비가 오면 오는 대로
눈이 오면 오는 대로

그렇게 가야할까 보다

물은 자유롭다. 아무런 어려움 없이 어디든지 갈 수 있다. 높은 곳에서 낮은 곳으로 마음껏 흘러간다. 높은 산에서 푸르른 나무들과 함께 있다가 계곡을 따라 시원스럽게 흘러내려 강이나 바다에 이르러 친구들을 만난다. 땅 위에 있던 물이 땅이 싫어지면 햇빛을 받아 하늘로 이동하기도 한다. 하늘에서는 구름이 되어 세상 온갖 구경을 실컷 하고 더 구경할 것이 없으면 비가 되어 다시 고향으로 돌아온다. 이렇듯 이 세상에서 물처럼 자유로움을 즐길 수 있는 것이 있을까?

물은 부드럽다. 너무 부드러워 항상 모양이 변한다. 하지만 물이 유약해 보여도 물을 이길 수 있는 것은 거의 없다. 활활 타오르는 뜨거운 불꽃도 물을 이기지 못한다. 사람들이 감당할 수 없을 정도의 커다란 산불도 소나기 한 번이며 보란 듯이 다 사라져 버린다. 물은 무색무취하며 특별히 잘 나 보이지도 않아 어떤 존재감이 없어 보인다. 힘이 없는 것 같기도 하고 강해 보이지도 않기 때문에 별로 끌리는 것은 없다. 그런데도 불구하고 물을 이길 수 있는 것은 거의 없다. 부드러움이 바로 강함의 원리인 것일까?

물은 머무르지 않는다. 앞으로 나아갈 뿐이다. 어느 한곳에 정착하여 계속해서 그곳에 머물지 않는다. 물은 흘러가면서 새로운 세계를 만나고 그런 가운데 자신은 섞지 않고 계속해서 앞으로 나아간다. 또한 어떤 일을 만나도 후퇴하거나 돌아가지 않는다.

이처럼 이 세상에 계속해서 앞으로 나아가기만 하는 것이 또 있을까?

물은 많은 것과 함께 할 수 있다. 원하는 자는 누구나 물과 함께 여행할 수 있다. 계곡의 나뭇잎이 물과 함께 가고 싶으면 물 위에 떨어져 신나게 여기저기 갈 수 있다. 물은 오는 사람 막지 않고 가는 사람 붙잡지 않는다. 오고 싶으면 오라 하고 가고 싶으면 가라 한다. 그러기에 물은 그 많은 시간 동안 수많은 것들과 함께 할 수 있다. 우리 주위에 무엇하고도 이렇듯 조화롭게 잘 어울릴 수 있는 것이 또 있을까?

물은 없는 곳이 없다. 온 천하에 모든 곳에 존재한다. 땅속이나 땅 위에서 그리고 공중에도 물은 존재한다. 물이 이렇듯 모든 곳에 존재하는 이유는 그만큼 어디에서건 물이 필요하기 때문이다. 수많은 곳에서 필요하기에 물은 또한 그만큼 가치가 있다. 만약 지구 어느 곳에서 물이 부족하다면 그곳에 있는 생명체는 삶이 위험해진다. 식물이나 동물 등 모든 생명체의 보존을 위해 심지어 돌 같은 무생물의 화학작용을 위해서도 물은 꼭 필요하다. 물이 있으므로 지구상의 모든 것이 생존할 수 있다.

물처럼 살고 싶다. 마음의 자유를 가지고 부드럽게 다른 이들과 다투지 않으면서, 한곳에 머무르지 않고 항상 앞으로만 나아가며, 많은 사람을 포용하면서, 나를 필요로 하는 많은 것에게 나를 나누어 주며 그렇게 물처럼 살고 싶다.

# 50. 절망과 희망

절망과 희망은 함께 있는 것

바라볼 것이 없을지라도
더없이 극한 상황일지라도

이유를 잃었을지라도
목표가 사라졌을지라도

새로운 이유와
또 다른 목표가
곧 다시 오리니

주저앉기보다는
일어서야 하리

바로 그 앞에
희망이 자리하리니

절망은 스스로 느끼는 감정이다. 외부의 요인으로 인해 또는 자신으로 인해 나타나는 마음의 울림이다. 내가 바라고 원하는 것이 이루어지지 않아 생기는 반응이다. 원하지 않은 일들이 나에게 닥쳐와서 아픔을 주기에 생기는 감정이다.

하지만 중요한 것은 이러한 모든 감정이 별로 큰 의미가 없다는 사실이다. 그러한 사실을 아직 모르기에 절망할 뿐이다. 절망할 필요가 전혀 없다. 진정으로 나에게 일어나는 모든 일들이 나의 삶을 파괴할 정도로 심각한 것은 그다지 많지 않다. 나의 삶을 파괴하는 것은 오로지 죽음밖에 없다.

"바로 절망의 괴로운 실체다. 끝이 내면으로 향하는 이 극심한 고통으로 언제나 우리는 무기력한 자기 파괴에 더욱 몰두한다. 절망한 사람은 절망으로 자기 파괴가 이루어지지 않으면 위안이 아니라 고통을 느낀다. 그 고통으로 앙심은 커져가고 이를 악문다. 과거의 절망을 현재 끝없이 쌓아가며 자신을 삼켜버릴 수도, 자신에게서 벗어날 수도, 자신을 없애버릴 수도 없어 절망한다. 이것이 절망이 쌓여가는 공식이다. 자아 때문에 절망이라는 병이 들어 열은 높이 올라간다. (죽음에 이르는 병, 키에르케고르)"

스스로 죽음을 선택하게 되는 경우는 대부분 절망의 극심한 고통에서 벗어나고자 하는 삶의 몸부림이다. 선택을 그렇게 밖에 할 수 없다는 것에 삶의 아픔이 존재한다.

하지만 우리의 삶에서 진정으로 절망해야 하는 것이 무엇이 있는 것일까. 내가 사랑하는 사람이 나를 떠났다고 해서 절망할 필요가 있는가. 나를 사랑하지 않는 사람을 내가 사랑해야 할 필요가 있는가. 나에게 어떤 사람이 아프게 했다고 해서 절망할 필요가 있는가. 그 아픔이 나의 인생의 전체를 완전히 바꾸어 놓는가. 주위에 일어나는 일들이 나를 힘들게 한다고 해서 절망할 필요가 있는가. 그러한 일들이 영원히 계속된다고 생각하는가. 그러한 일들을 뒤집어 놓을 만한 힘이 나에게는 없는 것인가.

아니다. 나의 삶이 다른 사람이나 다른 일들로 인해 좌우된다면 그것은 나의 삶이 아니다. 내가 그것의 노예에 불과하다는 것밖에 되지 않는다. 나의 삶을 사랑하는 사람은 오지 나밖에 없다. 어떤 사람이나 외부 요인에게 의지하고 기대하고 희망하는 것은 나의 삶을 그 사람이나 그것에게 의탁하는 것밖에 되지 않는다. 내가 왜 그러한 것들에 나의 삶을 의탁해야 하는 것인가. 그렇게 할 필요나 이유가 존재하지 않는다.

그렇기에 절망할 필요 또한 전혀 없다. 나에게 어떠한 일이 일어나도 그것을 해결해야 하는 것은 나밖에 없다. 그 누구에게 나의 문제를 도와주기를 기대하는 것은 자신의 삶을 스스로 책임지지 않겠다는 나약한 마음의 발로일 뿐이다.

다른 사람에게 벗어나고자 하는 것, 주위의 일이나 외부환경에서 탈피하려고 하는 것 자체가 그러한 것에 너무 의지해오고 있었기 때문인지도 모른다.

절망이라는 것은 나와 아무 상관이 없는 것으로 생각해 보는 것은 어떨까. 나의 삶의 책임은 오로지 나만의 것이라는 사고를 한다면 절망이라는 단어 자체가 사전에 존재할 필요가 없을지도 모른다. 나의 삶에는 아예 절망이 설 곳을 없앨 수도 있다. 다른 이들이나 다른 것에 기대하거나 바라지만 않아도 내가 느끼는 절망의 반 이상은 줄어들 수 있다.

   나를 진정으로 사랑하는 사람은 오로지 나밖에 없다는 것은 사실을 넘어선 진리일지 모른다.

# 51. 꿈을 꾸었어


희망의 날들이 계속되기를
절망은 잠시만 머무르고

기쁨의 날들이 계속되기를
슬픔은 잠시만 머무르고

행복의 날들이 계속되기를
불행은 잠시만 머무르고

즐거움의 날들이 계속되기를
아픔은 잠시만 머무르고

사랑의 날들이 계속되기를
미움은 잠시만 머무르고

밝은 날들이 계속되기를
어둠은 잠시만 머무르고

이것이 꿈이라도 할지라도
그냥 그렇게 계속되기를

　우리는 살아가면서 왜 이리 많은 일을 겪어야 하는 것일까?
좋은 일이야 아무런 문제가 없지만, 원하지 않는 좋지 않은 일도
우리에게는 너무 많이 생기는 것이 사실이다.
　좋은 날들로만 우리의 인생이 채워지면 좋을 텐데, 지구상의 그
누구도 그런 경우는 없을 것 같다. 문제는 감당할 정도의 어려운
일은 괜찮겠지만, 감당하기 힘든 일을 겪게 되는 경우에는 정말
절망적이다. 그것이 너무 버거워서 그 무게를 버티지 못하는 경
우도 있다. 감당하지 못할 일은 없다고 말하는 사람들도 있지만,
그것은 그들이 진정으로 어렵고 고통스러운 것을 경험하지 않았
기에 하는 말이 아닌가 싶다. 아니면, 그러한 것들을 다 겪고 나
서 되돌아보면서 하는 말일 것이다.
　그래도 우리에게 내일이 있다는 사실은 다소 희망적인 것 같다.
힘든 일이 언젠가는 끝나고 좋은 일도 살다 보면 생길 수 있다는
그러한 소망이라도 가질 수 있기 때문이다. 물론 내일이 무조건
우리에게 주어지는 것도 아니고, 내일이 오지 않을 수도 있다.
　정말 오늘을 버티고 나면 내일에는 좋은 일이 생길까? 그동안
의 세월이 이를 증명하기는 하는 걸까? 그래도 어차피 내일은 오
니까 비관적으로 생각하는 것보다는 좋게 생각하는 것이 더 나을

것 같다는 생각은 든다.

　오늘따라 꿈을 꾸고 싶다는 생각을 한다. 기쁘고 행복하고 즐거운 일들만 생기는 꿈, 미워하는 사람 하나 없고 사랑하는 사람만 있는 꿈을 꾸고 싶다. 물론 어떤 이는 나더러 "꿈같은 소리 하고 있네"라고 할 것이다. 하지만 그런 꿈을 꾸고 그 꿈에서 깨어나고 싶지 않은 생각이 드는 이유는 무엇 때문일까? 나는 그렇게 서라도 잠시나마 위로를 받고 싶어서 그러는 걸까?

# 52. 삶의 조각들


빛이 스며들었다
그 깊은 어두움을 뚫고서

끝나지 않을 것 같았던 암흑의 시간도
언젠가는 지나가기 마련이다

더 밝고 아름다운 시간이 기다리고 있다

못다 한 삶의 조각들
시도하지 못했던 삶의 이면들

이제서야 나에게 주어지는 것일지도 모른다

주저없이 받아들인다
또 다른 삶의 파편들

묵묵히 조각조각 모아

## 또 다른 완성을 이루기 위해

깨어졌기에 조각이 생겼다. 깨어지는 것이 두려웠지만, 그렇게 깨어지고 나니 얻는 것도 있었다. 나는 깨어질 수밖에 없었고, 이제 그 깨어진 파편들을 다시 모아 처음부터 맞추어 나가야 한다.

깨어짐은 내가 성장하기 위한 필연이었는지도 모른다. 나는 무지했기에, 그리고 너무 무능했기에 그것을 원하지 않더라도, 그것이 무서웠을지라도 어쩔 수 없는 것이었다.

나의 작은 삶의 역사는 그러한 깨어짐으로 인해 다시 부활의 날개를 희망할 수 있었다. 하지만 그 과정은 힘들고 무거웠다. 그래서 의지하고 싶었고 회피하기를 원했다.

삶은 잔인했다. 나를 산산이 깨어버리기에. 삶은 무자비했다. 인정사정 없었기에. 하지만 이제는 그러한 삶을 받아들일 줄 알게 되었다.

내 중심적인 삶이 이제 전환되기에 이르렀다. 내가 나의 삶의 주인이 아닌 것을 확신한다. 나는 나로 인해 파멸에 이를 수도 있다는 것을 깨달았다. 이제 나의 소원은 나로 말미암지 않아야 함을 안다.

깨어짐의 이유를 나는 아직은 잘 모른다. 내가 알고 있는 것은 깨어졌다는 그 사실 뿐이다. 그러한 깨어진 나의 삶의 파편들을 어떻게 맞추어 나가야 하는지도 전혀 알 수가 없다. 삶은 알고 살아가는 것이 아니기에 걱정은 하지 않는다.

많은 사람이 하는 이야기를 믿지 않는다. 오직 나의 내면의 소리에 귀를 기울일 작정이다. 그러기 위해 내가 성장해야 한다. 그러한 삶의 조각난 삶의 파편들을 위해서라도.

깨어진 것을 붙인다고 해서 모든 것이 원위치로 돌아오는 것이 아님을 너무나 잘 안다. 하지만 그것은 나의 영역이 아니다. 나는 시간의 주인이 아니기에 그저 주어진 시간에 최선을 다할 뿐이다.

깨어짐을 거부하고 싶었다. 하지만 거부한다고 해서 나의 그러한 소원이 이루어지는 것이 아님을 너무나 잘 알았기에 기대하지도 않았다.

물에 빠져 가장 깊은 곳까지 이르렀다. 더 이상 숨을 쉴 수도 없었고 그 밑바닥에서 헤어 나올 수도 없었다. 차라리 그곳에서 모든 것이 끝나길 바라지 않았다면 거짓말일 것이다.

삶의 파편은 나에겐 아직도 버겁다. 이제 내가 할 수 없다는 것을 안다. 그냥 내려놓고 맡기는 수밖에 없다. 인생에서 내가 할 수 있는 것이 극히 적다는 것을 알고는 있었지만, 막상 깨닫고 나면 너무나 허탈하고 허무하다.

온전함이란 단어가 이렇게 소중한지 이제야 알 수 있을 것 같다. 나의 온전함을 찾아 다시 그 삶의 파편들을 사랑해야 할 때다.

# 53. 됨

됨은
변화입니다
깨어있음입니다

그것은
저절로가 아닌
스스로 해야합니다

혼자지만
외롭지 않습니다

멀리까지 가야합니다
오래도록 가야합니다

또한
지향하지 않습니다
부딪히지 않습니다

자연스럽게 흘러갑니다

의도하지 않으며
내려놓은 채
그냥 맡깁니다

그래서 편합니다
만족합니다

끝은 없습니다
이루어질 수 없습니다

그것이 됨입니다

　나의 과거의 모습과 현재의 나의 모습이 진정으로 바라는 나일까? 나라는 한 인간은 고정불변의 변하지 않는 나일까? 그건 아닐 것이다. 우리가 존재하는 이유는 더 나은 모습으로 성장하기 위해서가 아닐까 싶다. 아무것도 없이 이 세상에 나왔고, 아무것도 가지지 않은 채 이 세상을 떠나야 하지만 우리 삶의 과정은 바로 더 나은 나 자신으로 변하고 성장해 가는 됨의 과정이 아닐까 싶다.
　우리는 우리 자신을 계속 새롭게 할 필요가 있다. 우리의 과거를 바탕으로 끊임없이 새로운 나를 창조해 나갈 필요가 있다. 나의 부끄러운 과거에 연연해하지 말고 자랑도 하지 말고, 현재의 나의 모습에 만족하지 말고 더 훌륭한 모습으로 성장해 나가야 하는 것이 내가 존재하는 진정한 본질이라는 생각이 든다.

니체는 말하고 있다. "그렇지만 어떻게 우리는 자신을 다시 발견할 수 있는가? 어떻게 인간이 자기 자신을 알 수 있는가? 젊은 영혼은 다음과 같은 물음을 던지면서 삶을 되돌아보아야 한다. 지금까지 너는 무엇을 진정으로 사랑했는가? 무엇이 너의 영혼을 높이 끌어올렸는가? 무엇이 너의 영혼을 지배했으며 또한 축복했는가? 그리고 그것들을 네 앞에 세워놓아라. 그러면 그것들은 너에게 너의 진정한 자아의 근본 법칙을 보여줄 것이다. 왜냐하면 너의 진정한 본질은 네 안에 깊이 묻혀 있는 것이 아니라 네 위로 측량할 수 없이 높은 곳에 있기 때문이다."(니체, 반시대적 고찰)

나라는 자아는 고정된 것이 아니다. 내가 할 수 있는 것이 무엇인지 현재 나의 능력으로 이를 수 있는 곳이 어디인지 아직은 잘 모른다. 하지만 현재 나의 모습에 안주하고 있다면 더 나은 나로 성장해 나간다는 것은 불가능하다. 따라서 나의 관심은 더 성장될 수 있는 앞으로의 나의 모습에 두어야 한다.

내가 진정으로 지향해야 하는 것은 무엇일까? 그것은 각자마다 다를 것이다. 하지만 중요한 것은 그 지향하는 바를 정확히 인식할 필요가 있다. 거기에 나의 살아있음이 있기 때문이다. 단순한 꿈이 아닌, 단순한 희망이 아닌 나의 존재에 의미 부여할 수 있는 그러한 것 말이다.

 내가 존재하는 진정한 이유는 새로운 모습으로, 더 나은 모습으로 발전되어 가는 것에 있을 뿐이다.

## 54. 후회

선택할 수 있는 것은
남아 있지 않았다

나 자신의 내면만이
남아 있었다

나의 마음을 그래서
선택했다

무엇으로부터 구속되지 않고
어떤 것에도 집착하지 않으며
지나온 것을 후회하지 않은 채
모든 것에 두려움 없이
남아 있는 시간을 위해

나의 마음을 그렇게 선택했다

지나간 것은 돌이킬 수가 없다. 시간은 다시 돌아오지 않는다. 후회는 아무런 의미가 없는 것이다. 누구나 실수를 하고 잘못을 한다. 하지만 과거에 사는 사람보다는 현재와 미래를 위해 사는 것이 더 현명하다.

지나간 일 중에 후회하는 것은 당연하다. 후회하지 않는 사람은 없다. 하지만 후회는 한 번으로 충분하다. 더 이상 생각하거나 고민하는 것은 현재의 나 자신마저 잃어버리는 것과 마찬가지이다.

과감하게 과거를 잊고 후회는 한 번 한 것으로 끝내야 한다. 생각해도 소용없는 것을 자꾸 생각하면 무엇 하겠는가? 지나온 것을 후회할 시간이 있다면 오늘을 차라리 더 열심히 사는 게 낫다. 만약 그렇지 못하다면 미래에 오늘 후회하면서 살았던 것을 더 많이 후회하게 될지도 모른다.

"결코 후회에게 자리를 내주어서는 안 된다. 오히려 후회는 하나의 어리석음에 또 다른 어리석음을 더하는 것이라고 즉시 자신에게 말해야 한다. 만약 해로운 일을 했다면 앞으로는 좋은 일을 하겠다고 생각하라. 그리고 자신의 행위로 인해 처벌을 받게 될 경우에는 그것으로 자신이 이미 좋은 일을 하는 것이라고 생각하고 그 벌을 견뎌야 하리라. 즉, 그는 타인들에게 그와 똑같은 우행을 하지 않도록 경고하고 있기 때문이다. 형벌을 받는 모든 범죄자들은 자신을 인류의 은인으로 여겨도 좋다. (인간적인 너무나 인간적인, 니체)"

후회한다는 것은 나의 어리석음을 증명하는 것밖에는 되지 않는다. 더 이상 어리석게 살아서는 안 된다. 지혜롭게 사는 첫 번째 길이 과거를 잊고 새로운 나의 모습으로 현재를 열심히 살아가는 것이다.

과거가 다시 돌아오지 않듯이 오늘 또한 다시는 돌아오지 않는 시간이다. 과거에 사로잡혀 오늘을 잃어버린다면 이는 과거와 오늘 모두 잃게 되는 것이다. 아니 미래를 위해 준비해야 하는 오늘을 잃었기에 미래마저 잃게 되는 것인지도 모른다.

해서 가능한 것이야 노력을 해보겠지만, 불가능하다 생각되는 것은 과감하게 미련을 끊고 잊어야 한다. 과거로 향하는 마음을 완전히 내려놓고 비워야 한다. 더 좋은 날들이 기다리고 있다. 그러한 날을 위해 오늘을 후회 없는 시간으로 만들어 가는 것이 지금 할 수 있는 최선이 아닐까 싶다.

후회는 내 것이 아니니 아예 생각조차 하지 않는 것이 가장 현명한 오늘을 살아가는 것일 것 같다.

# 55. 잘못

내 잘못이지 타인에게는 문제가 없다

나는 내 마음대로 할 수 있지만
타인은 내 마음대로 할 수 없다

나는 나를 바꿀 수 있지만
나는 타인을 바꿀 수 없다

모든 것이 내 책임일뿐
다른 이유는 없다


　우리 개인만을 생각할 때는 특별한 존재일 수는 있으나 다른 사람과 함께 생각할 때도 자신을 특별한 존재라고 생각하는 순간 오만과 독선에 빠질 수 있다. 우리 각자가 타인과 비교해 생각해 본다면 별 차이가 없는 비슷한 존재일 뿐이다. 누가 누구의 위에 존재하며 누가 누구보다 더 나은 존재라든지 누가 누구보다 더 옳은 생각을 하고 있다고 한다면 그는 자신만의 에고에 빠진 불행한 삶을 살아갈 가능성이 확연히 크다.

우리 각자는 타인보다 더 나은 것도 없고 더 특별하지도 않다. 자신이 타인보다 구별되는 존재이며 타인과 비교하여 특별한 존재라 생각된다면 이는 환상 속에 살고 있다는 것을 증명하는 것밖에는 되지 않는다. 무엇이 타인보다 특별하다는 것인가. 무엇을 근거로 자신이 항상 옳다고 주장할 수 있다는 말인가.

내가 다른 사람과 구별되려고 노력하는 것 자체는 아무런 의미가 없다. 차이가 별로 없기 때문이다. 내가 타인보다 무엇을 더 많이 알고 어떠한 것을 더 잘할 수 있단 말인가. 내가 모르는 것을 타인이 아는 것도 있고 내가 잘하지 못하는 것을 타인이 잘하는 것도 분명히 존재한다. 세상은 크게 봐서 별 차이가 없다. 하나일 뿐이다.

내가 너보다 낫고 너는 나보다 못하고, 내가 생각하는 것이 옳고 네가 생각하는 것은 틀리다고 주장하는 것은 지극히 유아적인 환상 속에서 살고 있다는 반증일 뿐이다. 성숙된 자아를 가지고 있다면 그러한 독선에서 벗어나야 한다.

나와 타인을 구별하려는 에고에서 탈피해야 한다. 다른 이와 자신은 별 차이가 없고 내가 옳을 수 있지만, 타인도 옳을 수 있다는 가능성을 인식할 필요가 있다.

나라는 존재는 우리라는 존재의 일부일 뿐이다. 우리라는 공간에 나와 타인이 함께 있을 뿐이다. 구별 자체는 우리를 파괴한다.

우리가 존재하는 이유는 자신을 주장하기 위해서가 아닌 조화로움에 있다. 내가 옳을 수도 있지만, 타인도 옳을 수가 있고 타인을 틀릴 수 있지만 나도 틀릴 수 있음을 확실히 인식해야 한다.

나는 남다른 사람이 아니다. 특별한 존재도 아니다. 타인과 비슷하고 차이가 없지만 소중한 존재일 뿐이다. 타인과 비교하는 그 자체가 아무런 의미가 없음을 진지하게 새겨야 한다. 나니까 내가 가지고 있는 것이 이러한 것이 있으니까 내가 타인과 다르다고 생각하는 것은 타인이니까 타인이 가지고 있는 것이 저러한 것이 있다는 것을 전혀 인식하지 못하는 우매함을 저지르는 것에 불과하다. 내가 특별하다는 생각은 타인은 특별하지 않다는 독선일 뿐이다.

나와 너의 구별이 없을 때 우리 자체가 특별해질 수 있다.

# 56. 볼 수 있는 것

내가 볼 수 있는 게 전부가 아니다
나의 눈으로 볼 수 있는 것은
지극히 작은 것에 불과할 뿐이다

내가 알고 있는 게 전부가 아니다
내가 지금 알고 있는 것은
세상의 지극히 작은 일부일 뿐이다

내가 확신하는 게 전부가 아니다
나의 생각은 틀릴 가능성이 너무 많고
나의 판단은 잘못될 가능성이 너무 많다

볼 수 있는 게 별로 없고
알고 있는 게 별로 없고
확신하는 게 별로 없는 것이
지금 나의 현재의 모습이다

자신의 생각이 항상 옳다고 확신하는 것에는 스스로가 모르고 있는 이면이 존재한다. 우리의 세계는 우리의 인식에서 비롯된다. 우리의 인식은 단순한 하나의 고정된 생각에 기반을 두어서는 더 이상의 발전이 없다. 스스로에 대한 확신이 겉으로 보아서는 멋있게 보일지는 모르나 이는 스스로의 발전을 막아서는 장애물이 될 수 있다는 가능성을 배제할 수 없다.

자신에 대해 확신을 하면 할수록 자신의 생각이 옳음을 증명하기 위하여 모든 수단과 방법을 동원하여 관철시키고자 하기에 더 깊은 자신의 늪으로 빠져들게 되지 않을 수 없다. 스스로 자신을 헤어 나오지 못하는 수렁으로 밀어 넣은 것과 마찬가지인 것이다. 다른 사람의 의견이나 생각은 전혀 그의 귀에 들어오지 않게 되고 그 사람을 진정으로 아껴서 해주는 충고마저 잔소리로 여길 뿐이다.

"여러 가지 신념을 가져본 적이 없는 자나 최초의 신념에 집착하는 자는 절대로 자신의 신념을 바꿀 수 없다는 바로 그 점 때문에 낙오된 문화를 대표한다. 이런 사람은 경직된 벽창호이며, 가르치기 어렵고 유연성이 없는 영원한 비방자이며 자기 의견을 관철하기 위해서 온갖 수단에 호소하는 무법자이다. 그것은 다른 의견도 존재할 수 있다는 것을 전혀 깨닫지 못하기 때문이다. (인간적인 너무나 인간적인, 니체)"

자신이 옳은지 그렇지 않은지 항상 되돌아볼 필요가 있다. 이를 행하지 못하는 순간 그는 더 이상의 세계와는 스스로 단절을 선

언하는 것과 마찬가지다.

자신이 가지고 있는 확신에 가득 찬 상태로 본인이 바라는 것을 무조건적으로 희망하는 것은 다른 세계를 볼 수 있는 눈이 부족하기에 어쩌면 유아기적 안목만을 유지하고 있을 따름이다.

"위대한 인간은 필연적으로 모든 일에 회의를 품는 사람이다. 모든 종류의 확신에 사로잡히지 않는 자유로움이 그의 의지의 강함에 포함되어 있다. 신념을 갖기를 바라는 일, 긍정에 있어서건 부정에 있어서건 어떻든 무언가 무조건적인 것을 바라는 일은 약한 마음의 증명이다. 그런데 모든 약한 마음은 의지의 약함인 것이다. 신념에 가득 찬 사람은 필연적으로 나약한 인간인 것이다. 따라서 '정신의 자유', 다시 말해서 본능으로서의 불신은 바로 위대함의 전제이다. (힘에의 의지, 니체)"

자신에 대해 확신하는 모습이 어떤 면에서 보면 주관이 있고 추진력이 있어 보일지 모르나 그 이면에는 자신의 확신에 의한 노예로 전락할 수 있는 가능성도 배제할 수 없다. 자신의 생각에 갇혀 오로지 그로 인한 삶을 생각하기 때문이다.

우주 공간에 있는 어떤 존재라도 항상 그 자리를 유지하고 있는 것은 없다. 시간에 따라 변하기 마련이다. 위치와 성질과 그 모든 것은 흐름에 따라 모습을 바꾸어야 새로운 세계를 만날 수 있다. 우리의 신념이나 생각도 마찬가지이다. 내가 현재 가지고 있는 생각이나 판단이 시간이 지나면 옳지 않을 수 있다. 확신은 시간의 함수로 생각해야만 한다.

순간적으로 자신에 대해 확신할 수는 있으나 시간이 지나면서 그 확신의 잘못일 수 있다는 가능성을 염두에 두고 의심해야 한다. 그렇지 않을 경우 그는 자신의 확신의 이면에 존재하는 스스로의 세계에 갇혀 버리고 마는 존재에 머무르게 되고 말 것이다.

내가 가지고 있는 확신을 언제든지 과감하게 벗어버릴 용기가 필요하다. 이는 주관이 없는 자가 아닌 진정으로 자신마저 버릴 줄 아는 용기 있는 자만이 가능하다. 자신의 내적 성장은 자신을 버릴 수 있는 것에서부터 시작하는 것일지 모른다.

자신의 확신만을 의지하는 자는 성장을 모르는 자, 성장을 두려워 하는 자, 현재에 안주하고자 하는 자일 수밖에 없다. 스스로를 확신하는 것은 겉으로는 강한 자 같아 보이나 실은 고집만을 내세우는 독선에 사로잡힌 결과밖에 되지 않는다. 자신의 세계만이 전부라고 인식하고 있는 것일 뿐이다.

자신이 스스로에게 자유로울 때 진정한 성장이 이루어질 수 있지 않을까 싶다. 확신을 내려놓아야 그 이면에 존재하는 것도 사라질 수 있다. 사고에 있어 부드러운 자가 그래서 단단한 자보다 더 강할 수 있다.

# 57. 미지의 세계

미지의 세계를 꿈꿨다
그 세계에 닿기 위해 달음박질 했다
내가 닿은 곳
지금 내가 있는 곳은
꿈꾸었던 세계가 아니었다

등 뒤를 돌아보았다
잃어버린 세계가 있었다
더 소중할지도 모르는
잃지 않아야 했던
그런 세계인지도 모른다

내가 지금 가지고 있는 지식은 옳은 것일까. 현재 내가 생각하고 있는 것들이 틀리지는 않는 것일까. 과거를 돌아보면 그 당시에는 옳다고 생각했던 것들이 지금 보면 나의 생각과 판단이나 행동이 옳지 않았던 것이 너무나 많다는 것을 발견한다. 왜 그 당시에는 옳다고 생각했던 것들이 그리고 최선이라고 믿었던 것들이 시간이 지나 지금 돌아보면 그렇지 않은 것일까.

이는 나의 생각이나 판단은 항상 오류를 범할 수 있음을 암시한다. 살아가면서 너무나 많은 변수 또한 나의 삶의 방향을 나의 예상과는 다르게 작용하는 것도 너무나 많이 존재한다.

그렇다면 현재 내가 옳다고 생각하고 판단하는 것 또한 시간이 지나 미래의 시점에서 본다면 옳지 않을 가능성이 다분히 존재할 수 있다. 현재 내 생각에 오류가 있을 것이기 때문이다. 따라서 지금의 나의 판단과 결정을 믿어서는 안 된다. 항상 다른 가능성이 나타날 수 있음을 인지해야 한다.

"당신이 지난날 진리로서, 혹은 진실인 듯한 것으로서 사랑하고 있었던 것이 지금의 당신에게는 오류로 생각된다. 당신은 그것을 부정함으로써 당신의 이성이 승리를 얻었다고 생각한다. 그러나 모름지기 그 오류는 당신이 아직 별개의 인간이었던 그 당시 당신에게는 현재의 당신의 모든 '진리'와 마찬가지로 필요했던 것이다. 그 오류는 이를테면 아직 당신에게 보는 것이 허용되지 않은 것들을 당신이 보지 못하도록 감추고 있었던 일종의 외피였던 것이다. 이전의 그 견해를 뒤엎어 버린 것은 당신의 이성이 아니라 당신의 새로운 삶인 것이다. 당신은 이제 그런 견해를 필요하지 않게 되었고 이제 그것은 저절로 무너져서 그 속의 구더기처럼 바깥에 기어 나오는 것이다. 우리는 부정한다. 또 부정하지 않을 수 없다. 그것은 우리 속에 무엇인가 살려 하고 있고 스스로를 긍정하려 하고 있기 때문인 것이다. 아마 아직 우리가 알지 못하는 아직 본 적이 없는 무언가가. (즐거운 지식, 니체)"

나의 과거나 현재의 오류에 대한 해결책은 무엇일까. 완벽한 해결책은 존재하지 않는다. 삶에는 워낙 예기치 못한 일들도 많이 생기며, 무수한 변수들이 많기 때문이다. 하지만 차선으로서 나의 오류를 줄일 수 있는 방법은 있다. 그것은 항상 내 생각과 판단이 잘못될 수 있을 수 있기에 이를 줄이기 위해 더 많은 것을 볼 수 있는 나의 세계를 확장하는 것이다. 즉 나 스스로 나의 새로운 세계를 항상 모색하며 살아가야 할 필요가 여기에 존재한다.

새로운 세계를 모색하지 않는다면 항상 그 자리에서 그러한 오류를 반복해 가면서 살아갈 수밖에 없다. 많은 시간이 지나도 나의 내면이 제자리걸음만 하고 과거의 세계에 머물러 있다면 나의 오류는 더 심해질 수밖에 없을 것이고 아주 먼 미래에 나의 삶은 많은 후회와 미련으로 누적되어 있을 수밖에 없을 것이 너무나 당연하다.

오늘 나는 조금이라도 더 나은 나의 모습을 위해 새로운 세계를 위한 모색에 노력을 하고 있는 것일까. 오늘 하루 동안 할 수 있는 것이 별로 없더라고 조그만 노력이 시간이 지나가면서 누적이 된다면 먼 훗날 후회하는 것이 조금은 줄어들지 않을까.

이제 새로운 세계로의 모색을 즐겨보고자 한다. 그것이 내가 오늘 또 하고 싶은 나의 삶의 일부이기 때문에.

# 58. 벗어남

내 자신으로부터
벗어나니 행복하네

다른 사람에 대한 기대를
버렸더니 행복하네

삶의 욕심을
버렸더니 행복하네

무언가를 이루려는 집착에서
벗어나니 행복하네

나를 억누르는 외부의 압력으로부터
벗어나니 행복하네

내가 가지고 있는 것으로부터
벗어나니 행복하네

버렸더니 자유롭고
벗어나니 행복하네

　매일 행복을 느끼지 않더라도 살아가는 데에는 아무런 문제가 없다. 삶은 행복 그 자체만을 위한 것은 아니다. 행복이 삶의 목적이 되기보다는 살아가는 그 자체에서 행복을 느끼는 것이 더 나을지도 모른다. 행복에 집착하는 한 그러한 것을 얻기 위해 더 어려운 길로 가게 될 수도 있다.

　행복은 어떠한 조건이 이루어졌다고 해서 느낄 수 있는 것은 아니다. 어떠한 조건하에서도 행복을 느낄 수 있는 능력이 중요하다. 욕망을 내려놓으면 그만큼 더 행복해질 수 있다. 누군가에게 바라는 것이나 기대하는 것을 줄이면 그리 크지 않은 것에서도 행복을 느낄 수 있다.

　행복은 미래의 것이 아니다. 오늘 행복할 수 있도록 나의 마음을 바꾸어 가야 하는 것이 현명할지 모른다. 바라는 것이 많고 원하는 것이 많을수록 행복을 느낄 수 있는 기회를 더 잃어버리게 될 가능성도 있다.

　"요컨대 각자 자신의 삶에서 한발 물러나야 하는 것이다. 욕망의 대상은 환상에 불과하고, 항상성이 없으며 소멸하게 마련이다. 기쁨을 주었던 것이 고통을 주며, 이 모든 것을 떠받치고 있던 토대가 다 무너지는 날이 온다. 내 삶의 전멸은 그 마지막 증거로 모든 희망과 열망이 광기와 방황에 불과했다는 것이 확인되는 것이다. (의지와 표상으로서의 세계, 쇼펜하우어)"

행복한 순간은 계속되지 않는다. 그러한 감정이 오래가지도 않는다. 행복은 찾는다고 해서 추구한다고 해서 그것이 이루어졌다고 해서 끝나는 것은 아니다. 하나의 행복이 이루어지면 인간은 또 다른 욕망으로 채워지기 때문에 끝이 없을 수밖에 없다. 이러한 과정을 탈피하지 않는 한 우리의 행복을 추구하는 악순환에 빠질 수도 있다.

행복은 다만 여기 있을 뿐이다. 이를 위해서는 우리 스스로 행복이라는 환상에서 탈출해야 한다. 어떤 조건하에서도 행복을 느낄 수 있는 사람이 진정으로 행복할 수 있다. 행복에 집착하지 않는 것이 오히려 진정한 행복을 누릴 수 있는 사람일지 모른다.

# 59. 운명

억겁의 시간을 넘어
무한의 공간을 지나

계획된 것도 아닌
원했던 것도 아닌

일어날 수 없는 확률로
불가능에 가까운 사건으로

여기
이곳에서
지금

그렇게
존재함으로

이제는

마음의 세계속으로

부정할 수 없는
영혼의 날갯짓으로

그 세계를 볼 수 있는
그 운명으로


　우리가 살아가다 보면 항상 좋은 일만 있는 것은 아니다. 슬픔과 고통, 이별과 아픔 등 나에게 다가오지 않았으면 하는 일들도 너무나 많이 수시로 일어난다. 자신의 힘으로 이러한 것들을 극복해 낼 수 있는 것도 있지만, 그러지 못하는 것도 무수히 많다. 운명을 이길 수 있는 힘은 존재하지 않는다. 우리가 신이 아니기 때문이다.

　어차피 이길 수 없는 것에는 받아들이는 것이 낫다. 내가 이길 수 없는 운명에 반항하고 저항해 봐야 달라지는 것은 전혀 없다. "그가 바랐던 것은 전체였다. 그는 자신을 전체로 단련시켰고 자신을 창조했다. 그렇게 자유롭게 된 정신은 기쁨에 차 있고 신뢰하는 숙명론을 수용하면서 세계 한가운데에 서 있다. 그것은 오직 개별적인 것만이 비난받을 수 있고 전체 안에서는 모든 것이 구원되고 긍정된다고 믿는다. 그는 더 이상 부정하지 않는다.

그러나 그러한 신앙은 가능한 모든 신앙 중에서 최고의 것이다. 나는 그러한 신앙에 디오니소스라는 이름을 부여했다. (우상의 황혼, 니체)"

여기서 말하는 전체는 우리가 살아가면서 만나게 되는 모든 것을 말한다. 기쁨과 슬픔, 만남과 헤어짐, 고통과 환희 등 우리 삶을 이루는 모든 것이다.

우리의 삶은 순간들의 집합이다. 그 순간들을 모두 소중하게 생각할 필요가 있다. 아픔과 슬픔의 순간도 인간이기에 주어지는 것이다. 고통과 절망 또한 인간이기에 가능하다.

모든 순간을 다 받아들이고 긍정을 하는 것이 거부하고 부정하는 것보다 더 깊은 삶의 심연으로 갈 수 있다. 그것은 어쩌면 신이 준 선물일지 모른다. 운명이라는 것은 받아들이라고 주어진 것일 뿐이다. 받아들이지 못하면 다른 어떤 선택지가 있는지 나는 잘 모른다.

이러한 운명을 받아들일 수 있는 것이 어쩌면 우리 인간의 가장 위대한 스스로의 선택이 될 수 있다. 이로 인해 우리는 새로운 열린 세계로 나아갈 수 있다. 그 세계는 운명을 받아들이기 전의 세계와는 완전히 다르다. 그 문을 열 수 있는 사람은 오로지 자신밖에 없다. 어렵지도 않고 쉽지도 않은 철저한 능동적 주체의 행위여야 한다. 삶의 아름다움은 아마 그 문을 열고 들어가는 자에게 허락되는 것이 아닐까 싶다.

# 60. 바닷가에서

노을을 본다

노란빛에서
붉은빛으로

붉은빛에서
보라빛으로

그리고 마지막
검은빛으로

하염없이 노을을 본다

눈물이 난다
살아있음에 눈물이 난다

평안한 마음을 얻기 위해서는 우리 스스로 노력해야 할 필요가 있다. 삶에 찌들어 살게 된다면 우리는 평화로운 마음을 가지기 힘들다. 스스로 그러한 굴레에서 탈피하려고 노력할 필요가 있다.

언제 마음이 평안할 수 있을까. 나의 주위에서 일어나는 나를 힘들게 하는 것으로부터 벗어나야 한다. 그러한 고민들을 떨쳐버리고 아예 잊으며 살아가야 한다.

일상에서 잠시라도 벗어나 자연으로 나가 아름다운 풍경을 보면 마음의 평안을 얻을 수 있다. 산에 올라가면서 보는 아름다운 경치들, 바닷가에 보는 풍경들, 이러한 것들은 보기만 해도 마음이 평화로워진다.

그리 많이 애쓰지 않아도 마음의 평안을 얻을 수 있는 방법이다. 새벽에 뜨는 일출, 저녁의 석양, 눈부신 설경을 보고 어찌 마음에 위로가 되지 않을까.

"자연에 한번 자유로운 시선을 던져보면, 열정과 필요와 근심에 사로잡혀 고통스러운 사람 역시나 기분이 신선해지고, 유쾌해지며, 힘이 솟는다. 번개 같은 사랑, 폭군 같은 욕망, 공포, 한 마디로 '원하기'라는 그 모든 비참함에 즉각적이고 경이로운 휴식을 선사하는 것이다. (의지와 표상으로서의 세계, 쇼펜하우어)"

아름다운 풍경을 보면 왜 마음의 평화를 얻는 것일까. 그것은 우리가 가지고 있는 욕심이나 의지를 내려놓을 수 있기 때문이다. 그러한 것에 사로잡혀 살다가 아름다운 경치를 보는 순간 우리의 내면의 탐욕에서 벗어나기 때문이다.

살아가는 것은 의지나 욕심에 의해 나의 삶의 전부가 이루어지는 것은 아니다. 얻을 수 있는 것도 있지만 그렇지 못하는 것도 있다. 전부 얻으려고만 하니 마음의 평화를 잃게 된다. 어느 정도만 얻고 마음의 평안을 찾아보는 것은 어떨까 싶다.

자신이 무언가를 이루려는 의지가 강해질수록 삶의 비참함 또한 비례해질 가능성이 있다. 스스로 원하고 바라는 것을 이루지 못하면 세상이 아름답게 보이지 않을 수도 있다.

이미 세상은 아름답다. 아름다운 세상이 주어져 있는데도 불구하고 우리의 탐욕과 의지가 이를 방해하고 있는 것인지도 모른다.

하루에 한두 번이라도 푸른 하늘과 붉은 노을과 두둥실 떠다니는 하얀 구름을 본다면 우리의 마음이 그리 강퍅해지지 않을 것이다. 시간이 날 때나 주말에 가까운 있는 아름다운 풍경을 찾아본다면 마음의 평안이 밀려올지 모른다. 내 마음의 평화는 그 어떤 것보다 소중하다. 돈을 주고도 살 수 없는 것들이다. 아름다운 풍경을 보고 있노라면 그러한 평화를 그리 어렵지 않게 얻을 수 있으니 얼마나 다행인가.

# 61. 나를 본다

감당하지 못할 만큼
커다란 아픔이 있었을 때
나를 볼 수 있었다

어디로 가야 할지
갈 바를 몰랐을 때
나를 볼 수 있었다

너무나 고통스러워
하늘을 원망할 때
나를 볼 수 있었다

믿었던 사람에게
회복되지 못할만한
상처를 받았을 때
나를 볼 수 있었다

더 이상 내려갈 수 없을 만큼
바닥에 도달했을 때
나를 볼 수 있었다

넘어져 일어설
힘조차 없었을 때
나를  볼 수 있었다

이젠 아무 일이
일어나지  않는
평범한 날에도
나는 스스로 나를 본다


　나는 왜 나 자신에 대해 그렇게 몰랐던 것일까? 당연히 나에 대
해 알고 있다고 생각했기에, 더 이상 알 필요 없다고 단정했기에,
가장 중요한 나 자신을 너무나 몰랐다.
　나를 몰랐기에 내가 가는 길에서 나를 잃어버릴 수밖에 없었다.
나를 세워나갈 수도 없었고, 더 나은 모습으로 성장할 수도 없었
다. 그로 인해 나는 관성에 따라 늘 그저 하는 대로, 아니 세월에
지쳐 오히려 퇴보의 길만 걸어갈 수밖에 없었다.
　모든 것이 당연하다고 생각했기에, 그래도 가던 길을 가더라도

충분하다고 판단했기에, 계속 몰려오는 삶의 장애물이 별것이 아닐 거라 단정했기에, 결국은 나 자신을 스스로 힘들게 만들어갔는지도 모른다.

나의 모든 역경과 어려움은 바로 나 자신을 잃어버리게 만든 나로 인함일 뿐이다. 그런 과정에서 그나마 나를 볼 수 있었고, 그 잃어버린 나를 찾아 이제는 새로운 나의 길을 가야 함을 인식한다.

더 이상의 나를 잃지 않기 위해 스스로 나를 보려 한다. 그 누구도 이를 대신할 수 없음을 너무나 잘 알기에 이제는 아무 일도 없는 일상에서는 나를 돌아보며, 가고 있는 길을 둘러보고, 주어진 길에 만족하며, 나 자신을 바로 세워 더 나은 의미 있는 시간을 위해 그렇게 하루하루를 보내려 한다.

시간이 나의 편이 아닐지는 모르지만, 새로운 시간을 만들어가고자 할 뿐이다.

# 62. 허망할 줄 알면서도

오늘 내가 여기에 있는 것은
보다 나은 내일을 희망하기
때문인지 모른다

오늘 내가 누군가를 만남은
그와 함께 삶을 나누기
위함일지 모른다

오늘 내가 무언가를 하는 것은
나의 존재를 증명하고 싶기
때문인지 모른다

그 모든 것이 허망할 줄 알면서도
나는 그저 오늘을 살아가고
있는지도 모른다

그 허망함이 언젠간

마음 한켠에서 조그만 빛으로
승화하길 바라는
작은 소망이 있을 뿐이다

　가만히 생각해보면 우리는 무언가를 위해 그동안 참으로 열심히 살아왔던 것 같다. 우리는 무엇을 위해 그 많은 시간을 치열하게 살아왔던 것일까? 어렸을 때나 젊었을 때는 아무것도 모른 채 그저 최선을 다해 살다 보면 좋은 일들이 있을 것이라 믿고 살았던 것 같다. 시간이 지나 나이가 들면, 무언가 의미 있는 것들을 이룰 수 있고, 좋은 사람들이 내 주위에 항상 많을 것이라 믿었고, 내가 바라던 꿈도 어느 정도 이룰 수 있을 것이라 희망했던 것이 사실이다.

　요즘 와서 생각해보면 나름대로 열심히는 살아왔지만, 희망했던 그런 삶을 내가 지금 살아가고 있는 것 같지는 않다. 물론 이룬 것도 있지만, 그런 과정에서 잃어버린 것도 많은 것 같고, 잘못된 길을 걸어온 것은 아닌지 하는 생각이 들기도 한다.

　아마 이러한 생각이 드는 이유는 그동안 나는 목적만을 추구한 채 살아왔기 때문이 아닐까 싶다. 내가 생각했던 목표를 이루어야 삶이 충족되고, 내가 바라고 원하는 것이 이루어져야 행복한 삶이 완성될 거라고 생각했던 것 같다.

　그것은 아마 내가 너무 생각이 없었거나, 원하는 목표를 이루기 위해 바빠서 그랬거나, 아니면 정말 내가 무지해서 그랬을 것이다. 삶은 결코 목적이나, 희망이나 이루고 싶은 꿈에 의해 결정되는 것은 아닌 듯하다.

내가 걸어가는 그 길의 과정에서, 하루하루 보내는 그 순간에서 삶이 존재하는 것 같다는 생각이 든다. 이제는 내가 경험했던 삶의 허망함을 조금씩이라도 바꾸어 볼 생각이다. 어떻게 해야 그것이 가능한 것인지는 잘 모르지만, 간절히 바라고 소망하다 보면 또 다른 길이 나에게 주어질 것이라 믿고 싶다.

오늘 봄비가 내리는 것을 느끼며, 비가 그치면 푸른 하늘과 하얀 구름을 바라보며, 따뜻한 봄 날씨에 피어나는 예쁜 꽃들을 보며, 살며시 부는 봄바람을 맞으며, 그런 현재의 순간을 지내다 보면 또 다른 무언가를 볼 수 있는 그러한 날들이 오지 않을까 싶다.

# 63. 이해를 넘어서

마음 깊이 사랑하면
이해 못 할 것도 없습니다

사랑이 부족하기에
나 자신이 먼저이기에
이해하고자 할 뿐입니다

이해는 한계를 넘지 못하니
그 자리에 머무를 뿐입니다

이해하지 못해도
사랑할 수는 있습니다.


　우리는 주위에 있는 타인을 얼마나 이해하면서 살아가고 있는
것일까? 누군가를 이해하기 위해서는 그에 대해 많이 알아야 할
텐데 이를 위해서는 그에 대한 관심이 필수적이다. 우리는 주위

에 있는 사람, 아주 가까운 사람이라 할지라도 그에 대해 얼마나 관심을 가지고 있는 것일까? 그가 어떤 상황에 처해 있는지, 말하지 못하는 어려움을 겪고 있는 것은 아닌지, 그에게 현재 필요한 것은 무엇인지, 그가 진정으로 원하는 것은 어떤 것인지, 그러한 것들에 대해 얼마나 알고 있는 것일까?

우리는 주위에 있는 가까운 사람에 대해 어느 정도 알고 있다고 하더라도 그에 대해 이해하려고 얼마나 노력하고 있는 것일까? 오직 나의 관점에서, 나의 프레임으로만 주위에 있는 사람에 대해 이해하고 그치는 것은 아닐까? 나의 관점에서 이해가 안 되면 우리는 그저 더 이상의 생각 없이 그를 나에게서 밀어내고 있는 것은 아닐까?

하지만 꼭 이해를 해야만 그 사람을 인정할 수 있는 것일까? 내가 알지 못하는 상황, 알더라도 나의 인식의 한계로 말미암아 이해하지 못하는 경우도 있을 터인데, 이런 경우에는 그를 외면하고 배척해야만 하는 것일까? 진정으로 그 사람을 사랑한다면 이해의 차원도 넘어서야 하는 것은 아닐까 싶다.

타인을 얼마나 이해할 수 있는지가 그의 인간적 성숙을 어느 정도 알 수 있는 척도이기는 하지만, 진정으로 그를 사랑한다면 우리는 이 한계도 넘어서야 되지 않을까 싶다.

이해하지 못했던 것도 시간이 지나면 별것도 아니었다는 것을 우리는 경험상 너무나 잘 알고 있다. 그러한 것을 알고는 있지만, 막상 그러한 일을 지금 이 시간에 겪게 된다면 다시 이해의 차원에서 우리는 생각하고 판단하며 행동하게 된다.

우리가 자아의 틀에 갇혀 있는 한, 더 많은 것을 포용하거나 받아들이기에는 한계가 있다. 모든 것을 자신을 기준으로 생각하고 판단하는 한 그 한계는 더욱 높아질지도 모른다. 과감히 이러한 한계를 깨고 넘어서려고 노력해 보는 것은 어떨까? 나를 주장하고 관철시키는 것이 그렇게 중요한 것일까? 진정으로 그 사람을 사랑한다면 그 어떤 것도 장애물이 될 수는 없을 듯싶다. 나보다 그를 사랑하기에 나 스스로 그 장애물을 만들고 있을 뿐이다.

## 64. 혼자가 아니다

이글거리는 태양이 내리쬐는
사막 한가운데를 건널 때도
나는 혼자가 아니었다

멀리 보이는 지평선
끝없이 펼쳐진 대륙을 지날 때도
나는 혼자가 아니었다

검은 먹구름 앞이 보이지 않는
폭풍우를 헤치고 나갈 때도
나는 혼자가 아니었다

끝없이 내리는 폭설과
몸서리쳐지는 추위를 지날 때도
나는 혼자가 아니었다

혼자가 아니었기에

나는 지금 여기에 있다

　섭씨 50도에 가까운 사막 한복판을 지날 때, 과연 내가 이 끝없
는 사막을 건널 수가 있을까 하는 두려움이 앞섰다. 대기는 숨을
쉴 수 없을 만큼 뜨거운 공기로 가득 차 있었고, 주위에 생명체를
찾아보기는 힘들었다. 오로지 시뻘건 대지와 돌멩이뿐, 식물조차
찾아보기 힘든, 사람이 살기에는 불가능한 그런 땅이었다. 어디
까지 이 사막이 이어져 있는지도 알 수 없었고, 언제 사막을 벗어
날 수 있을지 감을 잡을 수도 없었다.
　20대 중반 세상에 대한 경험도 별로 없이, 그 누구의 도움도 받
지 못한 채, 나 홀로 오직 뜨겁게 내리쬐는 태양을 원망하며 그렇
게 그 넓은 사막 속에서 조금씩 앞으로 가야만 했다.

　평생 지평선 한번 본적도 없었던 나는 하루종일 달려도 계속 이
어지는 지평선을 보며 도대체 이렇게 끝없이 넓은 대지를 언제

가로질러 목적지에 도착할 수 있을지 알 수가 없었다. 오직 하늘과 땅, 그리고 나만 존재하는 듯한 착각으로 머릿속이 하얘질 정도로 어질어질했다. 사람이 사는 땅이 맞는 것인지, 아무리 달려도 인적조차 드문 그러한 무한한 대륙의 한복판에서 나는 나 자신을 잃어버리는 것 같은 착각을 느꼈다.

하늘에 구멍이라도 났는지 엄청나게 쏟아지는 폭우는 내 평생 처음 경험해 보는 어마어마한 물 폭탄이었다. 노아의 홍수가 어떤 것인지 온몸으로 직접 경험할 만큼 쏟아붓는 폭우 속에서 앞으로 갈 수조차 없이 떠내려가지 않기만을 바라며 그 자리에 그대로 멈춘 채 아무것도 하는 것 없이 그 엄청난 폭우가 그치기만을 기도했다. 눈앞에 도로가 있었지만, 그 도로조차 보이지 않아 전혀 전진해 나갈 수가 없었던 그 상황은 공포 그 자체였다. 물이 얼마나 무서운 것인지 직접 느껴보지 못한 사람은 알지 못한다.

2주일이 넘도록 쏟아져 내리는 끝없는 폭설에 구토를 느꼈다. 그 엄청난 하늘에서 쏟아지는 폭설에 노이로제에 걸릴 것 같았고, 제발 신이 있다면 눈 좀 그치게 해달라고 엎드려 빌고 싶었다. 앞면의 모든 근육이 마비될 듯한 강추위로 숨을 쉬기조차 힘들었고, 온몸이 다 얼어붙을 것 같은 혹한의 추위는 생각할 수 있는 정신마저 혼미해지게 만드는 것만 같았다.

나는 지금 어떻게 이 자리에 있을 수 있었던 것일까? 기적이라는 것은 그 모든 것을 직접 경험한 사람에게는 정말 뼈에 사무치는 말이다. 그러기에 오늘 하루가 소중하고, 내 옆에 있는 사람들

이 중요하고, 지금 내가 할 수 있는 일이 있다는 것만으로도 감사
할 뿐이다.

# 65. 안쓰러움

오랫동안 피지 못했던
음지의 그늘에서
미래만을 바라보던
그 모습이 안쓰럽다

지나간 세월의 아픔
슬픔과 고독
언젠가의 햇살만을
기대하는
그 모습이 안쓰럽다

과거의 상처에
아직도 매여 있어
자유롭지 못 한 채
오늘도 힘들게 사는
그 모습이 안쓰럽다

이제는 모든 것을 털어버리고
새로운 시간을 누려도 좋으련만
삶의 굴레와 현실의 생 앞에
아직도 무거운 마음으로 사는
그 모습이 너무나도 안쓰럽다


  그는 얼마나 오래도록 인생의 음지에서 살아가야만 하는 것인가? 어떠한 우연과 필연에 의해 얽히었기에 그리도 오래도록 따스한 햇살을 소망하는가? 이제는 양지로 나올 때도 되었거늘 무슨 운명이기에 아직도 그 자리에 머물러 있어야 하는 것인가?
  세월의 흐름 따라 쌓여왔던 아픔과 상처, 홀로 씹어 삼키었던 무한한 고독의 깊이는 어디까지 닿아 있는 것인가? 그 많은 시간 동안 그 누구도 그를 진정으로 위로해주는 사람이 없었던 것인가?
  과거의 상처는 끝끝내 굴레가 되어 현재의 삶마저 갉아먹고 마는데, 미래에 대한 소망은 의미라도 있는 것일까? 그마저도 없다면 현재를 버티어 나가기 힘들다는 것은 알지만 그 깊은 아물지 않는 옛날의 상처는 어찌도 그리 무거운 것인가?
  새로운 것들을 누릴 시간도 되었건만, 이제는 남아 있는 시간이 그리 많지도 않았건만, 삶은 현실을 언제까지 잡아 묶고 있는 것일까?
  모든 것을 훌훌 털고 새처럼 자유롭게 높이 날아가기 바란다. 아무엇도 걱정하지 말고, 모든 것을 잊고, 이제는 그렇게 자유롭게 삶을 누리기를 바란다. 너의 모습을 볼 때마다 나의 시린 가슴은 하염없이 눈물만 흘리게 만들고 있으니.

# 66. 황제

고요하고 잔잔한 호수처럼
모든 것을 품어내는 바다처럼
푸른 하늘을 떠다니는 하얀 구름처럼

어떠한 일에도 연연하지 않고
마음의 상처를 주지도 받지도 않고
선입견과 편견을 넘어
고정된 틀에 사로잡히지 않은 채
좋음과 좋지 않음의 분별도 없이
고요하며 동요함이 사라진
맑은 새벽 공기 같은
그러한 마음으로

 새벽에 일찍 눈이 떠졌다. 어젯밤부터 내리던 비는 아직까지도
계속 오고 있다. 일어나 책을 보기 전에 잠에서 깨기 위해 음악을
들었다. 불현듯 베토벤 피아노 협주곡 5번이 생각이 났다. 이 곡

은 흔히 '황제'라는 별명을 갖고 있는데, 그만큼 위대한 음악이라는 의미에서 붙여졌을 것이다.

특히 2악장을 들으면 아름다움이란 것이 무엇이지, 서정적인 것이 무엇인지, 예술이란 것이 무엇인지를 자연히 생각하게 된다. 음악을 듣다 보면 그 어떤 잡념도 사라지고 아무런 생각도 없이 그저 피아노의 선율에 집중하게 된다. 다른 아무것도 필요 없고 오직 음악을 듣는 이 순간만이 중요하게 느껴진다.

아름다운 음악을 들으면 왜 우리는 감동을 받는 것일까? 단지 음표로 구성되어 있는 조합일 뿐인데, 왜 그러한 것들이 우리들의 마음속으로 스며드는 것일까?

나는 예술이나 철학을 공부한 사람이 아니라 잘 모르지만, 아마 어떠한 소리의 조합이 질서가 있을 것이고, 대위법이나 화성학을 따르는 것이고, 여러 가지 이유가 있을 것이다. 하지만 그보다 그러한 음악이 나의 마음속으로 들어오는 것으로 만족하면 충분하지 않을까 싶다.

2악장이 8분 정도 연주되는 동안 잠시라도 천국에 있었던 듯한 느낌이 들었다. 평화롭고, 안식을 느낄 수 있었고, 어떤 욕심도 생각나지 않았고, 그저 사랑을 베풀고 싶다는 충동이 생기고, 모든 것을 다 포용할 수 있겠다는 자신감이 일어났다.

우리의 삶이 이러한 아름다운 순간으로 이어진다면 얼마나 좋을까? 하지만 잠에서 깨어나 씻고 아침을 먹은 후 일하러 가게 되면 다시 삶이라는 현실을 치러내야 된다. 그러한 과정에서 다시 마음을 다치고, 다른 사람에게 상처를 주고, 기분이 좋았다가 나빠지고, 그러한 일들을 반복하다 집으로 돌아오면 지쳐서 쓰러져 잠이 들게 된다.

그래도 그러한 하루가 주어진 것에 나는 감사한다. 다시 새벽에 일어나 아름다운 음악을 듣고, 어쩔 수 없지만, 나의 어두웠던 마음에 다시 불을 밝혀야 한다. 그렇게 시간이 흘러 삶에 대해서 그리고 인생에 대해서 어느 정도 알게 되면, 이제는 더 이상 크고 작은 것에 연연하지 않고, 나의 마음이 그 어떤 일에도 크게 상처를 받지 않게 되고, 나도 다른 이들에게 상처를 주지 않고, 기분이 좋았다가 나빠지는 그러한 순환의 폭도 줄어들 것이다.

그러다 더 세월이 흐르면 잔잔한 호수처럼 어떤 일이 나에게 일어나도 전혀 동요 없이 살아갈 수 있는 그런 날이 나에게도 올 것이라고 믿고 싶다. 그런 날이 올 수 있도록 보다 나은 나를 만들기 위해 오늘 하루도 노력하려고 한다. 그런 마음을 갖게 된다면 황제도 부럽지 않을 것이다.

이제 베토벤도 듣고 잠도 깼으니 또 새로운 시작을 해야겠다. 오늘은 나에게 주어지는 다시는 돌아오지 않는 하루이므로 베토벤의 음악처럼 조금이라도 아름다운 날로 만들어가야 하지 않을까 싶다.

# 67. 뒷모습

그대의 뒷모습
너무 쓸쓸하다

그동안 걸어온 길
쉽지 않았음이니

무거운 그 걸음
어디까지인지

내 마음 더욱
아플 뿐이다

 우연히 앞서가는 뒷모습을 보았을 때 가슴이 시렸다. 그가 걸어
왔던 가시밭길, 그 발에 난 상처가 아물 새도 없었다. 그 길이 속
히 끝나기를 그다지도 바랐건만, 언제까지 그 길을 계속 걸어야
할지 알 수가 없다.
 그 쓸쓸한 뒷모습이 언제나 바뀔 수 있으려나. 그 무거운 걸음은

언제 가벼운 발걸음이 될 수 있으려나. 그가 걸어가야 하는 길은 진정 끝없는 고행길의 연속이어야 하는 것인가?

멈출 수 없는 길이라면 잠시 쉬었다라도 가길 바란다. 내가 그대의 안식처가 되어 줄 테니, 잠깐만이라도 아무 생각 없이 그저 쉬기라도 하길 청한다. 내 손수 그대의 발이라도 닦아주려고 하니 부끄러워 말고 망설이지 말고 편안한 마음으로 지친 그 발을 내게 주기 바란다.

당신이 가는 길이 어떤 길이 될지언정, 나 또한 끝까지 함께 하련다. 당신이 있으므로 내가 있었으니, 그 어떤 것도 두렵지 않다. 사막 같았던 나의 영혼이 당신이 있으므로 이제는 따스한 봄바람이 부는 것을 느낄 수 있다. 당신이 가다 지치면, 그 뒤는 내가 업고 가려니, 아무 걱정하지 말고 가기 바란다. 당신과 함께하는 그 길을 나는 이제 숙명으로 받아들인다.

# 68. 자유란 능력이다

스스로 만들어 갈 수 있어야지
누구에게도 의지하지 말아야지
선택의 가능성이 열려 있어야지
나의 길을 가는 용기가 있어야지
두려움을 극복할 수 있어야지
모든 것을 책임질 수 있어야지
잃어버린 시간을 위해
남아 있는 시간을 위해
나 자신을 위해

  더 높은 곳으로 나아가려고 한다. 진정한 자유를 위해 지금 있는 곳에서 머물지 않으려고 한다. 나 자신을 극복하려고 한다. 어떠한 내면의 저항이 있어도 싸워나가려고 한다. 나를 넘어서야 진정한 자유를 누릴 수 있기에.

  나의 능력이 부족하다면 자유로운 삶이란 공허한 메아리로만 남을 수밖에 없다. 나의 능력의 한계가 어디인지는 모른다. 단지 스스로 그 한계를 경계 지우고 선을 그어서는 안 된다.

타인으로부터 자유로워야 한다. 나는 결코 누구의 노예가 되고 싶지 않다. 누구를 위한 희생도, 착한 사람 콤플렉스도 진정한 나 자신을 위한 길이 아니다. 타인은 그저 존재함으로 충분하다. 나의 삶이 그로 인해 좌우된다는 것은 나의 무능력을 입증하는 것밖에 되지 않는다. 누구에게 의지하지 않고, 누구를 바라보지 않고, 홀로 우뚝 설 수 있는 것, 그것 또한 나의 능력이다. 나의 삶은 오로지 나만의 책임으로 돌릴 수 있기 위하여서라도 그 길을 가야만 한다.

많은 것으로부터 자유로워야 나의 삶을 사랑할 수 있다. 어떤 것으로부터, 그 누구로부터 구속되고 억압되는 이상 나의 삶을 사랑할 수 있는 기회조차 잃을 수 있다. 진정 나의 삶을 사랑하고 싶은지 묻고 싶다면 나의 자유를 향한 능력이 그 답을 대신할 수 있을 것이다.

나의 자유에 대한 능력이 줄어들수록 나의 삶은 노예의 그것과 다름없다. 살아도 산 것이 아니고, 숨을 쉬어도 쉬고 있는 것이 아니다. 자유로운 호흡을 원한다면, 그 모든 것에서 자유를 누릴 수 있는 능력이 필요하다.

내가 가고자 하는 길을 가기 위해서, 의미 있는 삶을 만들어가기 위해서, 잃어버린 시간을 위해서, 남아 있는 시간을 위해서, 나의 삶을 사랑하기 위해서, 진정으로 나를 위해서, 진정한 자유로운 삶을 위해서, 오늘 내가 해야 할 일이 무엇인지 이제는 잘 알고 있다. 모든 것은 오직 나의 능력에 달려있을 뿐이다.

# 69. 그리움

어두운 밤하늘의
별이 되어 만날까?

봄날 새롭게 피는
꽃이 되어 만날까?

저 하늘을 나는
새가 되어 만날까?

그 모든 것을 잊고
다시 태어나서 만날까?

그리움은 한이 되어
그렇게 가슴에 묻힌다

　그리워하면서도 만나지 못하는 것은 운명일까? 아니면 스쳐 지
나가는 인연이었기 때문일까? 나의 존재를 털어내더라도, 다른

존재가 되어서라도, 언젠가 만날 수 있을 것이라는 희망만 있더라도 그리 답답하지는 않았을 것이다.

차라리 만나지나 않았더라면, 마음에 담아둘 일도 없었을 것을, 그리움은 시간의 함수가 아닌가 보다. 내 마음 한구석이지만 항상 그 자리에서 변함없이 있으니 말이다.

무지개다리라도 있었다면 얼마나 좋을까? 훌쩍 뛰어넘어 달려갈 수 있을 것이어늘, 텅 빈 황량한 시공간만 존재하는 것인지, 도저히 가 닿을 수가 없으니 나의 한계만 느낄 뿐이다.

마음을 접어야 한다는 것을 너무나 잘 안다. 아니, 다른 마음을 세워가기로 하였다. 그리워할 수 있는 존재가 있었다는 사실만으로, 아름다운 시간이 있었다는 것으로, 그리고 그렇게 그리워할 수 있다는 것만으로도, 감사하기로 하였다. 비록 가슴에 묻기는 하지만, 내 가슴에 별이 되어 영원히 존재할 것이라 믿기에 그것으로 만족하기로 마음먹는다.

# 70. 누구였을까?

길을 가다 뭔지 모를 무엇에
넘어지고 말았습니다

꺾인 다리에 무릎마저
꿇게 되었습니다

어디선가 불어오는 흙먼지가
온몸을 뒤덮어 버립니다

넘어진 내게 누군가 다가와
손을 내밀었습니다

그 손을 잡고
다시 일어섰습니다

누구였을까요?
나에게 다가와

손을 잡아주었던 그 사람은

그 순간을 잊지 못합니다

힘들었던 나의 손을
잡아주었던 그 순간을

　살아가다 보면 누구에게나 힘든 시절이 있기 마련이다. 어렵고 고통스러운 시절 없이 평탄하게 삶이 계속된다면 얼마나 좋을까? 하지만 그러한 평안한 삶을 아무리 원한다고 해도 우리의 삶은 우리가 바라는 대로 되는 것이 아닌 것 같다.

　어느 날 갑자기 찾아온 삶의 무거움에 걷는 것조차 힘들고, 주위에 아무도 없는 것같이 외롭고, 어디로 가야 할지 전혀 알 수도 없는 그런 시절이었다. 모든 것을 포기하고 싶었다. 삶에 더 이상 희망도 보이지 않았다. 살아가야 할 이유도 잃어버렸고, 그동안 치열하게 살아왔던 것이 후회만 되었다.

　그렇게 무릎을 꿇고 삶에 두 손을 다 들어버렸던 시절, 그 누군가가 다가와 나의 손을 잡아주었다. 쓰러진 나의 몸을 일으켜 주고, 나의 어깨를 두드려주었다. 그동안 열심히 살아왔다는 것을 잘 안다고, 지금의 어려움도 모두 극복해 나갈 수 있다고, 이 시기만 넘기면 좋은 날들이 기다리고 있다고, 기운 내라고 그렇게 나에게 응원을 보내주었다.

나는 그 손을 잡았다. 그 손을 꼭 잡고 다시 일어섰다. 모든 것을 받아들이고, 모든 것을 내려놓고, 모든 것을 버렸다. 나 자신을 철저히 버리는 순간, 다른 세계가 보였다. 그 세계를 향하여 다시 시작할 수 있으리란 희망을 보았다. 용기를 내라는 말에 마음을 다잡았다. 새로 시작하면 된다고 마음을 고쳤다. 어차피 이생에 왔을 때 내가 가지고 온 것은 아무것도 없었다. 그동안 내가 얻었던 것도 모두 내 것이 아니었다. 이생을 마칠 때, 내가 가지고 갈 수 있는 것은 아무것도 없다는 것을 깨달았다. 마음을 모두 비우고 나니 새롭게 태어날 수 있었다.

　이제는 예전의 모습이 아닌, 새로운 나로서 살아갈 용기를 얻었다. 잃은 것이 소중하기는 하나, 더 이상 나에게는 그것이 존재하지 않음을 잘 알았다. 지나온 시간이 서럽고 아쉽기는 했지만, 남아있는 시간도 소중하다는 것을 깨달았다. 그렇게 모든 것을 새롭게 시작했다.

　가장 힘들었던 시기, 나에게 말없이 다가와 나의 손을 잡아주었던 그 손이 있었기에 가능했다. 그 손은 이제 나의 가슴에서 별이 되었다.

# 삶이 말해주는 것들

정 태 성  수필집(14)    값 12,000원

초판발행   2022년 6월 1일
지 은 이   정태성
펴 낸 이   도서출판 코스모스
펴 낸 곳   도서출판 코스모스
등록번호   414-94-09586
주    소   충북 청주시 서원구 신율로 13
대표전화   043-234-7027
팩    스   050-7535-7027

ISBN  979-11-91926-31-6